청어詩人選 119

Jesus is dying

예수가 죽어가고 있다

박철 시집

청어

예수가 죽어가고 있다

박철 지음

발행처 · 도서출판 청어
발행인 · 이영철
영 업 · 이동호
홍 보 · 최윤영
기 획 · 천성래 | 김홍순
편 집 · 방세화 | 이서윤
디자인 · 김바라 | 서경아
제작부장 · 공병한
인 쇄 · 두리터

등 록 · 1999년 5월 3일(제22-1541호)

1판 1쇄 인쇄 · 2014년 1월 10일
1판 1쇄 발행 · 2014년 1월 20일

주소 · 서울 서초구 효령로55길 45-8
대표전화 · 586-0477
팩시밀리 · 586-0478

홈페이지 · www.chungeobook.com
E-mail · ppi20@hanmail.net
ISBN · 979-11-85482-05-7 (03810)

예수가
죽어가고있다

북극해에서 밀려온 빙하의 깊이를 보기위해 바다에 머리를 박고 한참을 유영했다. 한라산에서 불어 온 바람 타고 백두산 천지에서 굽어 본 우리 산하가 얼마나 멋있는지 가슴이 시원하다. 어제 친구와 마신 술이 해장국과 더불어 헤진 내장을 위로하고 있다. 꿈과 정열로 젊음을 불태워 사회에 봉사하는 마음을 가진 지 몇 해가 지났지만 마음은 항상 하늘만 날고 발은 땅에서 제자리걸음이다. 이제 시작해야 한다. 하느님에게 한 발자국 더 가까이 다가가고 한 사람이라도 더 보듬어 안고, 한 줄의 기도라도 더 바치고, 한 사람이라도 더 하느님을 알게 하는 일, 외면하고 지나는 형제에게서 예수님을 볼 줄 아는 심미안(深美眼)을 가져본다.

2009년 이맘때 『그림자놀이』라는 첫 시집을 내고 매년 출간해야지! 하는 바람도 접고 이제야 제2시집을 출판하게 되었습니다. 저를 성숙하게 키워온 것이 바람과 신앙이 아니었나 생각해 봅니다.

1부에서는 나의 신앙을 고백하면서 기도문과 평소 가지고 있었던 신앙에 대한 물음표를 어떻게 표현하고 갈무리해야 하는가? 늘 고민하고 있었습니다. 이 시집을 통해서 일부나마 독자들과 함께 고민하는 사고의 폭을 넓힌 것이 아닌가? 그리고 성지순례를 하면서 순교자들에 대한 존경과 그분들의 신앙에 대해서 고민하고 널리 알려야 한다는 생각에 하얗게 지내온 밤을 기억해 봅니다.

2부에서는 우리 지역에 대한 사랑과 웃어른을 공경하는 아름다운 우리 동네를 꿈꾸며 함께 고민하고 효를 실천하는 참이웃으로 성장하는 데 작은 힘이나마 도움이 되었으면 하는 바람으로 글을 썼습니다.

3부에서는 꽃향기에 취해서 평소 좋아하고 사랑했던 꽃과 나무를 나의 분신처럼 생각하면서 나의 현실과 이상이 어우러지는 꿈의 나라로 함께 동반하는 생각을 표현해 보았습니다.

4부에서는 시를 쓰면서 늘 꿈꾸던 이상과 제자들을 가르치면서 느끼는 한계성을 표현해 보았습니다. 모든 시인들이 꿈꾸는 이상과 시적인 표현이 세상 사람들을 녹여 내리는 감동적인 언어의 표현, 함께하는 공감각, 여러 가지 사회적 요소들에서 실존적 자아의 경험, 그것들을 나 자신에게 의식이든 무의식이든 내면화시키는 것이 내면화를 스스로 성찰해서 아집과 타성을 버리고 '집합적 지성'으로 중지를 모으는 일이라고 생각해 보았습니다.

5부에서는 저의 인생에서 술과 함께한 시간이 너무 많아서 몇 편 함께 했습니다. 시성 이태백이 좋아하셨던 만큼 저도 그렇게 술을 좋아하나 봅니다. 함께하면 즐겁고 대화가 풍부해지고 함께하는 모든 지인들이 아름답게 보였던 것은 아마 술의 여신이 나와 함께 있었던 것이 아닌가? 생각도 해 봅니다. 그리고 시 「꼬막」은 안주 삼아 올렸습니다. 이 시는 꼬막으로 유명한 벌교의 어느 식당에 표구되어 벌교를 찾는 여행객들에게 회자된 시입니다.

덧붙여 짧은 생각 긴 여운이라는 느낌으로 단상들을 올렸

습니다. 어느 주제이든가 1분 이내의 스치는 느낌을 적어서
올린 글입니다. 생각이나 표현이 차이가 날 수 있지만 독자들
도 함께 고민하는 시간이 되었으면 고맙겠습니다.

  글을 쓰는 데 묵묵히 바라보는 아내 구정인 여사에게 늘 고
맙고 감사하며, 나를 이해하고 힘이 되어준 보석 같은 존재들
용성, 용남, 용희에게 잘 자라 주어서 감사하다는 말을 전합
니다. 해설을 해 주신 임노순 교수님, 추천사를 써 주신 친구
시인 공광규 시인에게도 감사합니다. 출판에 도움을 주신 청
어출판사 이영철 사장님과 편집부 방세화 팀장님과 직원들
모두에게 감사하며, 주님의 은총 속에서 행운과 평화가 항상
함께 하시길 기도드립니다.

몽유헌(夢幽軒)에서

박철 쓰다

시와 정치는 무관한 것이 아니다

공광규(시인, 문학평론가)

　고등학교 친구인 철이가 시집 원고를 들고 와서 관철동 장터국밥집에서 술을 한잔 한 게 한 달이나 지나갔다. 이 호방하고 시원한 친구가 시집을 벌써 한 권 내고 두 권째를 낸다고 하니 여간 기쁜 게 아니다. 언제 큰 사업을 하고 아이들도 잘 가르치고 틈틈이 시를 썼단 말인가. 참으로 부지런하고 부지런하다는 생각이다. 서양의 어느 누군가는 이 부지런이야말로 재능이라고 하였다.

　이 재능 있는 동창 박철이는 술을 따라주는 대로 또박또박 잘 마셔서 설마 했는데, 시를 읽다가보니 어느 구절에서 '성경을 읽으면 졸립다'고 고백하는 솔직한 천주교인이다. 나는 교회를 다니느라 술을 늦게 배우고 술자리를 쩨쩨하게 지키다가 결국은 교회를 흐지부지 그만 두고 절에 마음을 붙인 게 오래인데, 이 친구는 그걸 넘어서 술과 교회를 무애로 드나드니 가히 대인이라고 할 수 있다.

기도를 통해 '남을 비판하지 말라/용서하라/주어라'는 가르침을 듣는 친구의 신앙심은 '하느님께서 친히 가르쳐 주신/기도말씀으로/살아간다'고 할 정도로 단단하다. 이런 단단한 신앙심이 시의 곳곳에 잘 갈무리되어 있다. 아마도 친구가 이런 단단한 신앙심을 가져서 세상을 자비롭게 보는 눈을 갖고 있는가 보다. 무료급식배급소에 줄지어 선 할머니와 할아버지들에게 애처로운 시선을 보내는 친구는 '물이 넘치고/밥이 썩어 넘쳐도/죽어가는 사람이 있다'며 호소한다.

성실한 신앙인인 친구의 입장에서 현실은 '예수가 죽은 사회'일 것이다. 물론 누가 예수를 죽인 것은 아니고 원죄인인 '내'가 죽인 것이다. 그래서 친구는 '무소유로/남의 고통을 함께하며/용서와 화해로/임의 어린양이 되기 위해서/이제, 예수를 살려야 한다'고 한다. 나는 술집에서 대화를 하면서 어쩌면 친구가 세속 정치에 관심을 갖는 것은 이런 이유 때문이 아닐까 하는 생각을 하였다.

시와 정치는 무관한 것이 아니다. 세상을 바르고 환하게 하려면 정치가 발라야 한다. 정치를 바르게 하려면 시인도 정치에 참여를 해야 한다. 물론 신앙인도 세속 정치에 참여할 의무가 있다. 시인이자 신앙인인 친구가 정치에 관심을 갖는 것은 그래서 더 의미가 있다. 이미 공자는 시를 배워도 정치와 외교업무를 주었을 때 일처리 하나 제대로 하지 못하면 소용없다고 했다. 다시 말하면 시를 잘 배우면 정치와 외교업무를 잘 할 수 있으며, 마땅히 잘 할 수 있어야 한다는 말이다.

그래서 공자는 오늘날 우리들이 읽고 있는 『시경』이라는 시선집을 만들어 제자들에게 시를 열심히 가르쳤고, 이곳저곳에 가서 취직을 하여 정치를 잘 하도록 하였다. 우리 민족 문호인 이규보와 정약용도 귀양살이를 할 정도로 정치에 적극적이었고, 현재의 중국을 만든 모택동이나 베트남의 국부 호지명도 시인이라는 것을 기억할 필요가 있다. 저 유명한 『삼국지』 최후의 승자 조조는 어떤가? 시인이기 때문에 그 영웅호걸들을 제압하고 중원에서 최후의 승자가 된 것이다.

부디 철이가 시에서 삶의 지혜를 구하고, 신앙이 더 돈독해지고, 사람을 사랑하는 마음이 굳어져서 정치에도 성공하기를 바란다. 철이의 시집 원고를 받자마자 추천사를 써주면 철이는 오만해지고 나는 글 값어치가 떨어질까 하여, 일부러 늦게 크리스마스 휴일을 기다려 써서 보낸다. 철이의 발전을 빈다.

중동의 성자가 예수가 태어난 날
동양의 성자 공자의 자손 광규가 철이의 시집에 추천사를 쓰다

c·o·n·t·e·n·t·s

1 나의 신앙을 고백하며

2 제물포를 사랑하며

3 꽃향기에 취하여

4 시와 함께 꿈꾸다

5 술을 사랑하며

 • • • • • • 예수가 죽어가고 있다

1

나의 신앙을
고백하며

무소유로
남의 고통을 함께하며
용서와 화해로
임의 어린양이 되기 위해서
이제, 예수를 살려야 한다

임 찾는 기도

임 그리워 우는 동박새도
꽃향기에 잠시 시름 잊고
임 찾아 헤매는 새도
봄바람에 쉬어 간다
휘이 휘이 부르는 힘겨운 노랫소리
어느덧 발끝
저 멀리서 전해 온다.
이제는 잊을 것도 같은데
새벽 동틀 녘까지 이어간다
두 손 모아 기도하는
임 찾는 소리
행여!
귓가에 스치는 바람소리
정겹다
아름다운 모습으로 다가와
신기루처럼 사라지는 임 모습
오늘도
나의 얼굴엔
작은 미소 피어오르고
가슴 한복판엔
뜨거운 피가
솟아오른다

주님의 기도를 바치면서

예수님을 팔아서 나를 사고
하느님을 팔아서 로또의 행운을 빌어
지나가는 스님은
부처를 팔고
장애우에 붙어
먹고사는 사람들
누가 불쌍한 사람인지
길 가는 사람
행렬하는 군중의 무리가
외치는 아우성이 공허하다
누가 누구를 섬기는지
길도 진리도 생명도 없다
땅 위에 주님이 없고
하늘에는 하느님이 계시는지
일용할 양식을 구할 세치 혀
하느님께서 친히 가르쳐 주신
기도말씀으로
살아간다

무릎을 끓고
– 저녁 기도

힘겹게 매달린
시계의 추 사이로
시간은 흐르고
인간이 정한 하루의 마감이
엄습해 오면
오늘도 조용히 두 손 모아
임을 향한 기도를 올립니다

흩어진 시간을 모아
예쁜 인형을 만들고
혼을 넣어 당신의
의지를 표현해 봅니다

지난 시간 더럽혀진
마음의 때도 씻어보고
독설로 얼룩진
헛바닥도 쓸어보고
맘껏 휘둘렀던 아픔의 상처도
어루만져 봅니다

당신께 올리는
작은 정성 헛되지 않도록

빌고 빌어보며
천배의 절
탑을 쌓고
돌리는 묵주 산산이 부서져
허공 속에 번져
임을 향해 갑니다

오늘 하루 지은 죄
참회하며
임의 은총
자비로 평온을 찾은 나
임의 사랑에
한없이 흐르는 눈물
은하수에
배 띄워 보내봅니다

일상의 기도

기둥 하나 세우고
벽 하나 만들고
그 틀 속에 나를 가둔다
빌라 10평 속에 방이 둘 있다
나누다 보면 더 나눌 수 있고
채움은 옛일이다
내 안에 예수가 있고
하느님 품에 내가 있다
혼자만의 공간이라 우기고 싶다
함께하는 공간에 숨이 차오르고
지우고 싶은 상처가 더덕더덕 흔적을 남기고
일상의 물음표가
느낌표로 변하고
나를 떠나지 못한 그리움
벽속으로 스며든다
막힌 벽 사이
일상의 소리가 들린다
이제 옷을 벗고 날개를 펼 준비를 한다
어디에도 없는 깃털로
만리를 나는 새가 온다
기도하는 소리가 가슴을 울리고
벽을 타고 노는 담쟁이가

나를 보고 웃는다
자유는 저 멀리 가고
홀로 배를 띄운다
감사하라
사랑하라
행복하라는
썩은 생선보다 못한 말들의 잔치에
눈이 따갑다

묵주기도·1

수봉산 오르는 길

할머니 한 분이 묵주를 돌리며 걷고 있다
지나온 삶
걸어온 길 만큼 돌릴 건가
어머니 어머니 어머니
자식 위해 남편 위해 손자들 위해서
어머니 어머니 어머니
이젠 아니다
스치는 바람을 위해서
지나는 객을 위해서
이웃을 위해서
어머니 어머니 어머니
환희의 신비도 맛보고
어머니 어머니 어머니
빛의 신비도 느끼고
어머니 어머니 어머니
고통의 신비도 참아내며
어머니 어머니 어머니
영광의 신비로 피어나는
어머니 어머니 어머니
끝없이 이어지는 어머니

어머니 어머니 어머니
어머니 어머니 어머니

아이가 옹알이를 하듯

묵주기도·2

아이는 엄마의 치맛자락을 붙들고
여인은 두 손 모아 기도를 올린다
바람에 날린 미사포
진흙더미에 뒹굴고
아이마냥 칭얼거리는
나는
예수님의 바지는 없다
때 묻은 묵주에서 장미향 피어나고
헛바닥 맴도는
노랫가락은 마른땅을 타고 넘고
피 흘리는 기억 저편
건조한 내 몸의 성체
적신 포도주의 내 피
어디 산을 넘을까?
어디 바다를 건널까?
젖도 없고 꿀도 없는
어디 언덕을 오를까?
아이가 엄마를 찾는다
죄인을 위해서
환희
고통
영광
신비에 이른다

꿈꾸는 시간
– 아침 기도

하루의 시작
머리는 텅 비고
시선은 허공을 맴 돌고
도시의 소음
걷잡을 수 없는 출발점
공기 청아하고 산새 지저귀며
햇살 따뜻한 산골짜기로의 유영
지쳐버린 일들
시작속의 한 자락에서
꿈꾸는 하루의 모습
꿈이 있어 행복 하고
내일이 있어 희망이 있고
바라보는 즐거움에 감사한 것을
작은 바람은 믿음에서 이루어지고
잘 짜인 거미줄의 올가미
그 속을 타고 넘는 곡예사 되어
쉼 없이 울리는 전화 벨소리
장단 맞추어 놀아보자
오늘 하루를 위하여

눈 오는 날의 망상
- 우리 신부님

우리 신부님 너털웃음에 취해서
강론 내용도 잊어버리고
그냥 왜! 그 여인은 아픈 다리를
절뚝이며 고행의 길을 걸었을까?
신부님도 웃고
우리도 웃고……

멍청한 시선으로 밖을 보는데
스님 한 분이 시주하러 왔습니다
목탁 두드리고
염불을 하고
천 원 짜리 한 장에 복을 빌어 줍니다

못된 생각 떠오르고
신부님도 거리를 다니며
목청 높여 시주를 요구할까?
뇌리에 스친 생각
우리 신부님은 할 수 있다고……

고행의 길이 펼쳐지고
수녀님 한 분이 지나갑니다
내리는 눈을 고스란히 맞고
흰 눈이 수녀님의 몸에서

꽃으로 피어납니다

흰 눈이 소복이 내리고
세상은 모두 백색의 그림을 그립니다
무슨 색을 칠할까?
바람이 살짝 색깔을 보여 줍니다

스님의 염주가
내 손의 묵주와 번갈아 돌아가고……

눈 오는 날
망상은 꼬리를 물고
기차를 타고
먼 길을 갑니다
타는 손님도 내리는 손님도
모두가 정겹습니다

신부님의 얼굴이 떠오르면
하회탈처럼 웃고
조용한 말씀은
북소리로 잔잔히 울려
마음속에 다가옵니다

임 그리워

새벽녘 어둠을 뚫고
토해내는 빛줄기 따라
강머리 나가
바람을 마시니
가슴은 맑은 울음을 토해낸다

여우비 가늘게 내리고
흐르는 물에서 교접하니
피어나는 물안개 속
임 얼굴
천사 되어 승천한다

강과 하늘이 한줄기로 통하면
구름이 바람을 타고 흐르고
임을 잃은 외기러기
홀로 창공을 난다

떠난 임 그리워
울고 지새운 밤
삶이 외로움으로 떨고 있을 때
사랑으로 보듬어 온기를 넣어준다

사랑의 찬가

나의 사랑
임에게 향하면
햇빛 되어
별빛 되어
달처럼 온유하게
꽃처럼 아름답게
나비 되어 그대 품에 안기리
임을 향한 나의 사랑
눈꽃으로 피어서
임 품에 안겨
가슴속에 녹아나리
하늘을 나는
햇살 무리
날개 접고
애타는 이 마음
임의 가슴에서
꽃처럼 피어나리

슬픔을 이기는 기도

혼자만의 시간
암흑 속에서 음성 들리고
너! 나를 믿느냐?
너! 나를 따르느냐?
입술로 지껄이는 "아멘"
삶의 뒤안길에서
주워 올리는 참 행복의 비밀
남을 비판 하지 말라
용서 하라
주어라
빈자로 돌아와서 바라보는 임
자신과 화해
이웃과 화해
자연과의 평화가 이루어지고
시련과 고통
박해를 이기는 사랑의 힘을 느낄 때
임을 위한
사랑의 노래
꽃처럼 피어나고
진정한 의로움에 눈물을 흘린다

촛불

어둠이 밥상을 차리며
하루의 힘든 삶
접시에 담겨 소복이 올라온다
잊고 싶은 아픔의 추억
피어오르고
촛불은 허기진 어둠
어둑어둑 집어 먹고
아름다움 토해낸다
쌓이는 상처
눈물 흘리며
애태우는 간장
어둠의 길을 걷는다
고독한 사내 하나
손 모아 기도 하며
상상의 길 찾아
꿈의 나래 펴고 비상한다

하느님 따라 가는 길

소용돌이 속에서

사람과 사람이 만나서 이루어진 선

수평선과 수직선으로

이루어진 마음

둥글게 접어 순한 마음으로

키워보고

너와 나

마주하는 벽과 벽의 만남

곡선으로 만들어

하늘과 소통을 꿈꾼다

하느님이 만든

자연의 선

곡선 따라 길을 간다

아기예수는 안다

페루의 어부가 말한다
12월의 어느 날

아기예수가 온다

물고기 때죽음 당하고
폭풍과 폭우 내리는
어둠의 날

엘니뇨(El nino)*

지구적 재앙
경고하는 아기 예수의 모습
지구 온난화
이상기온 엄습하고
한파, 가뭄, 폭우, 폭설
날씨와 기후가
성난 코뿔소 마냥 사나워지고 있다

12월의
기상이변
순탄하지 않는 하늘

인과응보(因果應報)이냐?

서우망월(犀牛望月)일까?

*엘니뇨란 원래 스페인어로 남자아이를 뜻함. 크리스마스의 아이의 준
 말. 신의 아들인 아기예수를 뜻함.

임을 떠나서(外道)
− 냉담 중에

날 위해 찾아오신 임
내 몰라 버렸으니
내 무슨 낯짝으로
임 만날 수 있으리오
임 떠나가신 뒤
천둥번개도 서러워 울었는지
참고 견디지 못한
내 못난 마음
돌로 발등 찧고
도끼로 내리쳐 본들 무엇 하리
내 설움 겨워
울고 울어 본들
임이시여!
이 아픈 마음 달래줄
따듯한 손 한 번만이라도 내어 주오

나의 하느님

세상에 어디 감사할 게
한두 가지더냐
일어나서 잘 때까지
고맙고 감사함
말로 다해 무엇 하리

생명의 노랫소리 들리고

그 멀고 험난한 길
걸어도
말의 유희
삶의 진실
이웃사랑 회복하는 일

빛과 그림자

신화와 현실이 싸우는
혁명은 늘 빛바랜 사진 속에 잠들고
죽은 지식인은 또 하나의 세계를 만드는 것
따뜻한 시선 다가와
새로운 유토피아를 꿈꾸고
푸른 사다리 타고 오르는

하느님은 나의 U·F·O

예수가 죽어 가고 있다

임을 위한 노래가
허공에 맴돌고
내면은 온통 욕심과 욕망
　　　　　　명예와 영광
　　　　　　아집과 독단
인생살이는 버리지도 못하고
　　　　　　　떠나지도 못하고
그물망에 걸린 고기모양 헐떡이며
하늘에 흐르는 구름을 원망하고
초원의 들꽃을 그리워한다

임을 향한 그리움이
땅 끝에서 땅 끝까지 이어지고
겉으로는 서로 나누고
　　　　　　희생하고
　　　　　　봉사하는
　　　　　　말만 무성한 거리의 축제
예수살이가 힘들고
　　　　　　　고통스러워도
보상받지 못한 현실에 눈물 흘리며
하늘 문이 열리고
구름들이 춤추며

새들이 노래하는 천상을 그리워한다

무소유로
남의 고통을 함께하며
용서와 화해로
임의 어린양이 되기 위해서
이제, 예수를 살려야 한다

오늘 죽은 예수는
나로 인한 것

신의 침묵에 기도는 없다

처음 가는 길
흥분과 기대감에서
출발은 늘 기쁨이고
새로운 길에
떨림이 쾌감으로 다가온다

고독한 인간
영혼의 벗은 어디에
신이 자신을
빛으로 보여 주지 않고
우주의 운명을 지배하는
존재의 확신은 없다

먼 우주
어느 별로 가는 여행길
별빛이 신의 은총으로
다가오고
신의 침묵에
기도는 없다

별빛이 인간의 영혼을 덥히고
순금빛 추억을 찾아

별을 노래하는 마음으로
우연을 가장한 필연으로 이어져 오면
삶의 굽이굽이에서
신의 작은 미소를 본다

고통이 엄습하고
잊힌 정겨운 사람들
그리워하면
신이 저주한 얼굴인지
헤집어 보면
그건 모두 은총인걸
기도란?
신의 미소를 알아보는 일

오병이어

용현시장 뒷골목
공중화장실 앞에는 오병이어(五餠二魚)라는
식당이 있다

어느 행렬인지 할아버지 할머니 모습이
애처롭다
꾸역꾸역 보이는 모습 쓸쓸히 흩어진다

물이 넘치고
밥이 썩어 넘쳐도
죽어가는 사람이 있다

하늘에서 주신 빵
강에서 주신 물고기
소리만 넘치고 울림은 없다

바라만 보신 주님
하느님 말씀으로 살고 싶은 기쁨
당신 손이 그립습니다

예수의 기적은 이루어질까?

이어지는 행렬
입으로 쌓아올린 빵과 물고기
빈 깡통의 울림에
흰머리
바람에 애처롭다

새벽길 간다
– 새벽미사

어디로 갈까?
어디에서 볼 수 있을까?
종일토록 터덜거리는 발길
해돋이에서
해넘이까지
어디에도 평화는 없고
쌓이는 것은
공허한 마음의 조각들
어둠이 물들고
별빛 따라 걷는 길
아직도 기다림은 가득하고
어디에서
들려오는 노래인가?
임이 부르는 노래
천국의 문 열리는
새벽의 청아한 공기
몸을 감싸는
고난의 추위
예수의 길 따라
새벽길 간다

놀부 마음

성호를 긋고 곱게 앉은 자리
살포시 눈 감고 반성의 기도 올리며
지난 시간 지은 죄
물거품으로 사라지길 빌어본다
앉았다
일어섰다
신부님 강론은 자장가 소리로 들리고
끄덕이며 침 흘리고
코 고는 소리에 순간 아찔하고
아~하
왜! 왔지 묻고
오지 말걸 그랬지 후회하고
미사포 속 고운 얼굴로 기도하는 아내의 모습
참아야지 참아야지 참아야지
아내 따라온 길
만사가 평화롭다
인고의 시간은 흐르고
"복음을 전합시다"
하얀 백지장 그려지는 주님의 얼굴
가는 길에 함께
그림자처럼
내 안에서 놀부 마음 사라진다

평화를 빕니다

밀물처럼 뛰어온 미사시간
바다 가운데
외딴 섬 하나 있다
겨우 정박한 안도의 시간

바다는
파도를 몰고 오고
폭풍우를 그치게 하는 것은 하느님
"평화를 빕니다"
얼굴엔 젖은 미소
가슴엔 울렁이는 파도
주님의 피와 살을 모시고
밀물은 썰물로 바뀐다
내 안에 울렁이는
거대한 파도소리도 사라지고

새롭게 시작하는 바닷길
닻도 돛대도 다시 달고
가슴을 여미며
내민 손
평화롭게
환한 모습으로

실바람 타고
착한 예수님 웃으며 다가온다

십자가 그림자

여명의 십자가 그림자 속 넉넉한 아침이다
한낮의 십자가
너무 좁아 내 몸 숨길 곳 없어
발가벗은 민낯으로 당신을 맞는다
석양 속에 피어나는 십자가 속
포근하게 당신 품에 안기어 본다
나를 토해내는 십자가
나를 삼키는 십자가
변덕이 파도를 탄다
그래도 당신 품 안은 늘 평온
당신 그림자 속은 행복이다
어둡고 힘든 날은 보이지 않고
비 오는 폭풍 속 외면하는 당신이지만
세상 끝날까지 함께 한다는 당신
십자가 그림자 속
발길은 가볍고
얼굴엔 작은 웃음
눈에 보이는 것은 축제
가슴엔 사랑이다

손목에 찬 묵주를 버리고

수갑을 찬다
거미줄 보다 더 진득한 올무로
수갑을 빼고 달아난 죄인
"두렵다, 무서워서 도망친다"
묵주를 손목에 차고
이유 없는 반항으로
묵주를 던지던 날
자유로움이 다시 나를 구속하고
하늘을 나는 새를 보았다
나를 버리는 주님
왼쪽도 아니고 오른쪽도 아니다
길은 어디에도 없다
다시 주님을 따라 걷는다
한 송이 한 송이 잘라버린 장미
장미가 불에 타 오르고
저 너머 보이는 무지개 사이
갈증은 더 신선하다
어디
묵주를 다시 찾는다
환호하며 반기는 주님을 본다
이제 시작이다
버린 묵주에서 피어난
장미꽃이 더 아름답다

성경을 읽으며

성경을 읽으면 졸립다

산처럼 높아 보이기도 하고
강처럼 깊어 보이기도 하고
글씨가 너무 많아 눈알이 핑핑 돈다

들꽃을 한참 바라보니 말을 한다
옹알옹알
성경을 한참 바라보니 눈이 떠진다
끔뻑끔뻑

우리말 배우는 아이처럼
태초에서
아멘까지
따라 가본다

우리의 첫 만남
꽃 이름 외우듯이
해, 달, 별들을 푸른 노래로 부르듯
꽃향기 바람타고
이름 모를 사람들 노래하듯
시작은 늘 새롭다

졸다가 바라본 세상
기쁨과 희망이 넘치고
새날
새롭게

효수(梟首)
– 강화 갑곶성지를 거닐며

들머리 앞바다
겨울바람이 울고 지나가며
침묵만 흐르고
바람도 바닷물도 나무도
움츠리고 말이 없다

칼바람 맞으며
목숨 바친 세 분의 모습
떠오르고
올빼미 홀연히 나타나
어미 눈 파먹고
하늘을 난다

효수(梟首)
올빼미 보다 못한 극악
죄인이었던가?

묵언으로 지나온
십자가의 길
떨어진 잎새만큼 서글프게
지난 세월 돌아본다

삶의 소용돌이
물결처럼 거칠고
억압받고 설음에 찬 긴 시간
굳건히 지켜온
믿음의 뿌리를 본다

(바다의 별 레지오 피정을 하면서)

침묵의 노래
– 미리내 성지

애덕고개 넘어 흘린 땀방울
얼굴을 타고 가슴에 흘러든다

달빛아래 흐르는 냇물이
은하수처럼 미리내가 되었나

반기는 이 없어도
소쩍새는 인사하고
이름 모를 야생화
수줍은 미소 머금고 있네

무릎 끊고 바친 기도
오롯이 바친 넋에 이어질까?

솔숲 우거진 솔뫼에서 태어나
새남터에서 바친 목숨
여기 미리내에 머물렀네

이역 멀리 외로운 여정에
별빛 함께 흐르고
주님 사랑 안에
복음과 교회 위해 바친 목숨

"마음대로 하시오"
목을 길게 내밀고 뱉은 음성
한강물은 말없이 전하네

가신 님 자국 자국
철쭉에 붉게 피어나고
임의 영혼
민들레 홀씨로
바람에 날려 우리 가슴에 안기네

아! 25년에 짧은 영혼
고결한 순교정신으로
이 땅의 순교자로 탄생하고
임의 작은 몸
커다란 몸부림되어
아름다운 침묵의 노래로 울려 퍼지네

노래 한곡 하고 싶다
– 단내 성지

와룡산 기슭
넓은 들판에 흐르는 시냇물 보고
먼 옛날 순교자들의
험난한 여정을 본다

울창한 숲속
계곡 따라 흐르는 물
임의 피 눈물과 함께 섞여
붉게 물들어 흐른다

여기 저기 피어난 들꽃
임들의 얼굴처럼
환하게 마음을 사로잡는다

산새들의 노랫소리
임들의
순교의 외침으로
울려 퍼지고

임의 순교가
가정성화의 귀감이 되어
오늘

나와 내 자식 간의 인연으로
정을 통해
흐르는 것이다

검은 바위와 굴 바위의 전설이
안갯속 조용히 내리는
이슬비 되어
촉촉이 마음을 적신다

임과 내가
하나가 되는 십자가의
기도소리가
투우웅 투우웅
큰 북소리가 되어 가슴을 때린다

아!
내가
단내 성지에서
임을 위한
노래를 한곡 하고 싶다

황새바위에는 바위가 없다

산속은 침묵이다
풀벌레 우는 소리
임들의 애절한 절규로
기도는 환호성으로 가슴에 남는다

참수된 머리 소나무에 매달고
솟구친 피
재심천 흘러넘쳐
금강 휘돌아 감고
대한의 땅 적시고 있다

황새는 알고 있다
무참히 짓밟히며 웃고 있는
임들의 마지막 기도
사랑골에서 먹방이로
덤골, 둠벙이, 만년동, 룡수골로 이어지고
진밧에서 덤티로
관불, 도가니, 새우리, 지석골, 동울
지를, 수리치골, 소랑이 골짜기에서 골짜기로
산골 은거지를 통해서
증거의 삶을 살아온 이들
여기 황새바위에 쉬고 있다

벼슬아치가
농사짓는 사람
장사하는 사람
소금 굽는 사람들이 괴수로
이어지는 행렬이 산을 넘고 내를 건너서
여기 337명의 넋이 누워있다

거룩한 피가
살아 있는 눈빛이
절규하는 외침의 기도가
침묵으로
박해성지의 심장이 여기 있다

이제 와서 머리 조아리는 죄인
성모님
머리 위에서
한가로이 기도하는 잠자리 따라
두 손 모아 기도한다

"나를 따르라"
이어지는 순교행렬에 이루 헤아릴 수 없는 무명인들
어디서 왔는가

어디로 갈 것인가

황새바위에
황새는 날아가고
바위는 산산이 쪼개져 사라지고
순교한 임의 숨결만이
유유히 흐르는 금강을 따라
이 나라를 적시고 있다

황새바위에는 바위가 없다
순교자의 넋이 남아있다

예수가 오다

정오 12시
제물포에서 종각으로 간다
전철 안 멋진 남자가 외친다
"죽었다가 살아난 사람은 예수밖에 없다
할렐루아! 예수를 믿으시오"
젊은 총각이 "흥"
콧방귀를 뀐다
노인이 외친다
"좆까지 마라 죽었다가 살아난 것은
내 좆뿐이 없더라"
전철 안은 웃음바다
누가 이긴 게임일까?
멀리서 터벅터벅 다가온 장애인이
손을 내민다
예수가 살아 돌아온 것일까?
그림자 속 스쳐가는 사람이 보인다
슬그머니 지폐 한 장 접어서
빈 깡통에 던진다
타고 내리는 사람 사이
예수의 그림자를 따라 잡는다
예수가 온다
예수가 간다
종일 예수님이 머물러 있다

희광이의 칼

천국 가는 길이 좁다
여사울 가는 길도 좁다
벼가 누렇게 익은 가을 길
삽교천과 무한천 따라 바닷물 들어오고
함께 어우러져 흐르는 내포
사람이 모여들고 물산도 모여들고
신학문도 덩달아 함께했던 곳
여기 여사울에 신앙의 꽃이 핀다
신앙의 못자리 만들어지고 복음의 빛이 전해진다
하느님의 종들이 줄지어 행렬하고
김희성 프란치스코, 김정득 베드로, 홍필주 필립보
김광옥 안드레아, 홍낙민 루가, 홍재영 프로타시오
순교자의 흘린 피가 내포 따라 흐른다.
이존창 루도비코 곤자가 살아생전 살던 집
집이 없다
그리운 초가이었던가?
십자가의 길 위에 새겨진 조각상들이
예수님의 수난을 이야기 하면
노송에서 떨어지는 아침이슬 맞으며
아내와 손잡고 십자가의 길 걸어본다
보리수나무와 이팝나무가 정겹게 이야기 하는
십자가의 길 위에

희광이의 칼에 숨진 루도비코 곤자가가
세상의 빛이 되라고 하는
순교의 불꽃이 피어난다.
온 누리에 복음을 전하는 말씀이
알알이 벼 이삭 되어 익어간다
여사울의 햇빛이 유난히 맑다

(여사울 성지를 다녀와서)

간사한 마음

(청년시절)
하느님에게 예물을 바치는 시간
호주머니가 텅 비어
들고 있던 볼펜 한 자루 헌금주머니에 넣고
밤새 울었다
하느님 나에게도 남보다 더 많은 헌금을 할 수 있도록
돈 많이 벌게 해 주십시오
(지금)
봉헌시간이면 망설인다
천 원 오천 원 만 원
갈등은 옆 사람을 타고 넘는다
안보면 천 원
누가 보면 오천 원
그래도 당당히 만 원
왜 이럴까
주님!
감사헌금 편안히 할 수 있도록 도와주소서!
천배 만배로 축복해 주시는 주님의 은총
기억에서 사라지고
쥔 주먹은 펴지지 않는다
천 원은
천주교인을 위해 만든 돈이다

웃음이 사라진다
나도 천주교인이지

나는?

예수가 새롭게 태어나는 날

햇빛이 밝고

달빛이 깊고

바람이 맑다

강산의 모든 수목들이 웃고 있다

나는?

아멘

가곡과 아리아의 밤에서
처음부터 끝까지
아멘이라는 노래를 들었다
음의 높낮이가 다르고
음색의 길이가 다르고
오직 한 뜻
아멘
가슴이 뭉클한 소리 없이 되풀이는 말
알파도 오메가도
함께하는
아멘
우주를 가슴에 안고
백두산도 보고
천지 물속에서 유영하다
한라산 올라
성산 일출봉 아래로 떨어졌다
빛과 그림자가 무지개로 피어났다
예수를 만나면 울고 싶다

베로니카 병원에 입원하다

예수는 돌팔이 의사다
진맥도 없다
기적이라고 한다
수많은 사람이 환호하며 군중의 무리 속에서
믿음이 곧 너를 편안하게 하리라
팔도 아프다 다리도 아프다
일어서지도 못한다
약도 없다
오직 말씀만으로 전해지는 만병통치약
나는 오늘 그 약을 먹고
기쁨으로 걸어간다
하늘을 알면 마음이 편하고
예수님을 알면
기쁨이 충만하다
주위에 있는 사람들
베드로, 바오로, 수산나가 걱정해주고
이냐시오가 있어
베로니카는 넘어져 피땀 흘리신 예수님을 씻겨 주었을 것
이다
오늘 베로니카가 아프단다
예수가 필요하다
돌팔이 의사라도 좋다

만병통치약 먹고
기쁨으로 걸어갔으면 한다
제물포의 낯익은 거리에
요한이 다니엘이 안드레아가 지나간다
예수가 돌팔이의사라고 아무도 믿지 않는다
생로병사를 짊어지고
석가모니 제자가 염불하며 지나가고
신부님은 여러 제자와 함께
사랑을 노래한다
베로니카의 웃는 얼굴이 참 좋다

성탄절이 없다

아이가 울고 있다
선물을 기다리는 아이가 묻고 있다
올해는 성탄절이 없다는 뉴스를 듣고
산타가 출장을 갔나? 삐졌나?
우리나라에만 오지 않는단다
싸우는 사람이 하도 많아 도저히 올 수 없단다
아이의 울음을 누가 만들었나!
국회에서
밀양 송전탑에서
제주 강정마을에서
사진만 찍는 높은 양반들이 보이는
연탄 나르는 현장에서도
김치 담그는 모습에서도
우는 아이를 달래줄 엄마는 어디 갔을까?
노사제의 걱정스런 한마디가 폭풍이 되고 태풍 되어 덮친다
말이 필요 없다
사탕도 이미 녹아 없어졌다
어르고 안아 줄 가슴이 필요하다
주님!
우리에게도 기쁘고 즐겁고 행복한 성탄절이 왔으면 해요
선물도 많이 많이 주시고요
아이의 기도 소리가

성당 천장에서 메아리 되어 가슴에 안긴다

성탄절이 없다

 • • • • • 예수가 죽어가고 있다

2
제물포를
사랑하며

우리의 지나버린 그 날들이 자연처럼
필요에 의해 언제라도 다가설 수 있다는
야설 같은 내 한 시절 기억 속 그 같은 오만이
어디에 또 있어야 하는가

인천에 살면서

대지의 평화로움은 늘 평온이 아니다
수직의 햇빛도 나를 키우고
사선의 빗줄기도 나를 키운다
바람이 다가와 속삭이며
떠난 자리에 풀벌레 소리가 지키고
빗살무늬로 다가온 소나기는
한바가지 뒤집어쓴 청량감으로
산등선 저편에선 무지개가 웃고 있다
고향집 장독대에서 누렁이와 보낸 오후 한나절
그리워 산길을 걸어 보고
꿈으로 가득 찬 시절
동백꽃이 피멍울로 뭉쳐 떨어질 때
바람과 함께 섬마을 인적 없는 곳
해당화 향기에 취해 밤새워 통곡 하던 시절
세월 따라 흘러온 어진내(仁川)
살아온 지난 시간에 감사하며
손익계산서에 일기를 쓴다
온통 나를 감싼 고마운 분들이기에
갚아야 할 7할의 빚더미
소리 없이 다가온 중압감에 울어보고
감사의 기도로 마음을 붙잡고
지나온 길 따라가 하소연 한다

정말 행복한 놈은
웃으면서 살아간다고
그래도 오늘은 평온했다고

숭의4동 독거노인을 보면서

한 말을 또 하고
듣는 이 없어도
또 지껄인다
뇌의 실타래 감기고
끊어진 연줄
나락의 길로 이어진다

망가진 회로에
적색등 켜지면
할머니의 행동
어우러져
순수한 감정으로
길을 간다

무(無)에서 무(無)다.
누워서 시작한 길
기어서 가고
걸어서 생각했던 일
뛰면서 흘린 땀방울
넘쳐흘러 강을 이룬다

낙엽 따라 흘러온 길

지팡이에 기대여 보고
추억은 찬란했다

떠나기 위해
비워야 하는 일상의 일
원점으로 돌아가는 길 위에
망각은
마~알~간 원초의 색으로
옷 입는다

제물포 성당

수봉산 중턱 아담하게
자리 잡은 성당의 십자가를 봅니다
덤으로 총총히 빛나는
별들에게 인사를 받고
임을 향해 두 손을 곱게 모아 봅니다
새해에는 임을 향한
사랑의 시간을
매일 1분씩 늘려가자고
그리고 맞이하는 성탄절에는
당신의 사랑
흠뻑 취해 온몸
임의 향기로 태어나리라고
꿈길에서
임을 위한 음악이 흐르고
음악은 언어를 동반하지 않는
무언으로 임과 나를 통해 흐릅니다
가로등불이 가녀린 어깨 위를
타고 실루엣으로 다가온
성모님의 모습에서
임의 느낌은 아이의 모습으로 다가옵니다
지난 가을 풍성했던
국화 향기가

나목에서 다시 피어나고
향기에 취해
임을 향한 기도 올립니다
어머님 품에 안긴 나를 보면서
한참을 행복하게
벅찬 감흥으로
언덕길을 내려 왔습니다

수봉산을 오르며

수봉산 언덕 오르다 말고
뒤를 본다
몇 발자국
뇌리에 스치는 기억 사라지고
쉬엄쉬엄 오른 노인의 모습
지난 삶의 흔적이 꽃처럼 피어난다
추위가 온몸 감싸 안으면
움츠린 몸
열기가 피어나고
나목들은 안으로 안으로
사랑을 꽃피고 있다
매서운 바람에
나뭇가지가 부러지고
아픈 상처를 석양빛이
어루만지고 간다
양지바른 산허리
목련은 새움을 준비하고
메마른 잔디 속에는
파란 풀빛이 머금고
정상을 향해
묵묵히 걷고 있는 나의 발자국이
색인되어 궤도를 타고

돌고
산에 오르는 사람들 고운 심성
전해져 오면
새도 되고, 나무도 되고, 풀도 되어
당신을 기쁘게 해 드리고 싶습니다
수봉산을 오르는 사람 행복합니다
수없이 만나는
사람의 얼굴에서
희망의 열기를 느낄 수 있기 때문입니다

제물포 거리

제물포 남쪽 역 눈발이 희끗 희끗 날리고
포근한 느낌의 광장에서는
찬송가 소리가 귓가를 스친다
지친 발걸음
구두소리도 투박하게 돌아오는 시간
수봉공원에서 바라본
골목길 외등도 잠시 졸다 말고
손님을 맞는다
세월의 굴곡 속에서
빛바랜 담장이
마음속의 질감을 회색빛으로
물들이면
그리운 시절
과거로의 여행이 시작된다
그친 눈발 사이로
찬바람이 황량하게 불고
어느새 달빛은 어깨를 비집고
겨울나무 가지 사이로
인사를 한다
사람의 무리가 떼 지어 활보 하고
홀로 튕겨져 나온 모습에서
오늘 하루도

휴식을 찾는다
산바람이 내려와
조용히 작별을 고하며
이름 모를 노래 흥얼거리고
마음속에 사뿐히 평화로움이 깃든다
오늘 남은 몇 조각의 시간
아름답게 보내기 위해서
사랑의 연서를 쓴다
당신이 있어 마음이 편안하고
아들이 있어 든든하고
딸이 있어 사랑스럽다고
그렇게 사랑은 흘러 넘쳐서
강을 이루고
먼 항해를
꿈꾸며
거리는 아름다움으로 가득하다

제물포의 아침

숭의동 2번지
동트는 산 아래 마을 어귀
지우다만 어둠이 실루엣 된 거리
환상으로 다가오고
휘날리며 거니는 처녀의 머리카락 사이로
짙은 향기 풍기고
출근하는 청년의 힘찬 발걸음 사이로
희망의 노랫소리 들리는
제물포 우리 마을
된장국 냄새가 담을 넘는다
부스스 눈 비비는 아이의 모습
평화롭게 아침이 온다
순두부, 오뎅 파는 아저씨의 외침에
놀란 새들도 함께 지저귄다
등산가는 이웃집 김형,
역전 노점상 오씨,
동일주택 박씨 노인네,
동네 어귀 가구점 엄씨,
모두가 분주한 아침
살아가는 힘찬 모습에
희망의 아침은
주위를 맴돌고

평화로운 아침은 달콤한 꽃향기로
온 동네를 감싼다

제물포 노점상을 보면서

윙~ 윙~
힘겹게 돌고 있는 선풍기 앞
몸집 큰 할머니 졸고 있다
참새 한 마리
좌판 위 기웃 거리고
조잘 조잘 오랜 친구처럼 한참을 선문답 한다
삶의 흔적
고스란히 그려진 얼굴
이제 미소를 보아야 한다
담장 넘어 담쟁이 넝쿨 기웃 거리고
새마을운동 때 심은 무궁화
무궁화 꽃이 피었습니다
주민세도 꼬박 꼬박 내고 있습니다
좌판세도 매일 매일 내고 있습니다
돈 많은 양반
세금 못낸 이유가 뭔지 모릅니다
한 줌의 좁쌀을 팔아도
할머니의 좌판은 늘 풍성합니다
주름진 얼굴 사이로
땀방울이 흘러내립니다
시원한 바람이라도
한줄기 불어

할머니의 얼굴에 주름이 펴졌으면 합니다
오늘은 정말 무더운
하루였습니다

등굣길

수봉공원 언덕길 내려오면
배꽃거리에 엄마와 아이가 걷고 있다
툭툭 치며 장난질 하는 모습이 정겹고
그윽이 바라보는 눈동자에
사랑이 넘쳐흐른다
엄마는 옛 시절로 돌아가고
아이는 훌쩍 엄마의 키를 따라 잡는다
소곤소곤 대화에
살포시 웃는 웃음은 미래의 희망을 본다
등굣길
아침 햇살은 부드럽고
푸른 날의 꿈은 피어난다
실바람은 가볍게 아이의 볼을 스치고
가로수의 잎사귀는 기쁨으로 춤을 추며
엄마는 황홀히 아이를 본다
아이와 함께 하는 등굣길
엄마와 아이의 포옹 속 작별인사는 아름답고
향기 나는 삶의 속살을 읽는다
어느덧 물밀 듯이 친구들은 모이고
왁자지껄 떠드는 소리
학교를 향한 개미들의 행렬에
꿈의 포도송이가 주렁주렁 열릴

아름다운 세상이 저만치서
성큼 다가온다

정겨운 수봉공원 오후

연초록 은행잎이 파르르 떨고
햇빛은 포근히 어깨를 감싸 안고
참새 한 마리 오수를 즐깁니다

민들레 홀씨 공중에 날아
먼 여행을 시작 하고
어린아이는 아장아장
창공을 향해 걸어갑니다

장미 한 송이 꽃망울 맺혀
싱그럽게 다가오고
라일락 향기는 임을 향한 열정을 토해냅니다

멀리 바라본 서해 바다는
갯바람 날려 보내 오고
한가로이 낚싯배 한 척 구름 속 떠다닙니다

공원 벤치 위 노인들 풍류담 꽃을 피우고
구경 나온 연인들
비둘기와 구구구 숫자 놀음에 흥겹습니다

산책 나온 휴일 오후

수봉산 공원의 정겨운 모습에
발걸음은 가볍고
마음은 포근히
엄마 품에 안깁니다

수봉산

아득히 먼 옛날
물 위에 떠있는 봉우리 하나 있었다

산새 날아들고 물새 날아들어
정겹게 인사 하던 곳
수많은 사연 담고 다소곳이
품에 안겨 사랑 받고 있다

남풍 쉬어가고 찬바람 북풍 만나
이야기 꽃 피우던 곳
신혼부부 사랑타령
어우러진 벚꽃 길
함박웃음 피어나던 곳이다

벚꽃 피워 꽃비 내리고
아카시아 향기 취해 몽롱해진 연인들
푸른 숲속 뛰어노는 산토끼
조잘대며 마냥 즐거운 유치원 아이의
해맑은 웃음이 사랑스럽다

바라본 시가지
품에 안긴 우리 동네

주고받은 덕담 속에 마주보며
눈빛으로 인사하는
동네 사람들
수봉산은 내 고향이다

주인공원을 거닐며

오늘은 천천히 걸었습니다
아주 느리게 달팽이처럼
제물포에서 주인공원을 거쳐 숭의동
홍등가, 빨간 조명이 반갑게 맞이하는
골목어귀에서 멈췄습니다

다금바리 한 접시에 팔십만 원이라던데
오천 원 하는 모둠회 한 접시로 배부르게 먹고
흥겹게 중얼거리며 천천히 걸었습니다

팔백만 원 하는 모피 걸치고 잔뜩 긴장한 여인을 보며
오천 원 하는 잠바가 얼마나 편한 지
두 손 푹 찌르고
흥겹게 중얼거리며 천천히 걸었습니다

팔천만 원짜리 외제차 타고 눈이 뻘겋게 충혈 되어
운전하는 아저씨 보고
이만 원 하는 중고 자전거 타며 여유롭게 따리릉 거리며
천천히 페달을 돌렸습니다

가진 자의 여유로움도 부럽지 않게
호주머니 속 만 원이면 오늘 하루 즐기기엔
안성맞춤이란 걸 느끼며
콧노래까지 절로 나옵니다

오늘은 천천히 걸었습니다
공원 어디에서 들려오는 새소리도 듣고
떨어지는 낙엽도
풀숲 어디에 숨었던 들꽃도 보입니다

오늘은 천천히 걸었습니다
지나가는 아이의 해맑은 모습도 보고
깔깔거리며 웃고 떠드는 여학생의 얘기도 듣고
힘겹게 리어카를 끄는 할아버지의 숨찬 소리도 들립니다

오늘은 천천히 걸었습니다
땅을 밟은 느낌의 포근함을 머리끝까지
올려 보내고
하늘에서 내려오는 기운을 땅바닥에
전하며
땅과 하늘이 하나 되는 전달자가 된 것 같습니다

오늘은 천천히 걸었습니다
존재의 의미와 생존의 느낌
나를 감싸는 공기의 포근함
모든 기운이 나를 위해 돌고 돕니다
오늘은 누군가에게
행복의 미소를 보냅니다

이웃의 어려움을 느끼며

억압 받고 설움 받은 삶
보상 따윈 먼 이야기
찬바람 옷 속을 파고들고
시린 가슴
더욱더 외롭다

주인공원 입구에서 낙엽을 밟고
돌다리 밑에서
이름 모를 낙서들과 눈맞춤 한다

외롭게 보낸 지난 밤
노숙자의 심정을 기러기는 알까?
사랑과 온정은 기러기 울음소리와 함께
날아가고
살고픈 욕망에 눈동자만 핏발 서리고
몸은 안으로 안으로 접어든다

삶의 의미가 뭔지?
이웃 사랑의 실천이 뭔지?
미친년 속옷은
열두 겹 입어도 보인다고
굳게 동여맨 옷자락 사이

황소바람은
더욱더 기승을 부린다

말
– 언어의 폭력

다섯 살배기 아이가 웃으면서 놀린다
"대머리 아찌"
보는 모습 그대로 하는 말
귀엽기 그지없다
엄마의 호들갑스런 말림에도
아이는
"대머리 아찌"
웃고 말았다
내가 세상에 내뱉은 무수한 말들
가시 돋친 말이 얼마나 많았을까?
그냥 웃고 넘기기엔 못내 아쉬운
서운한 감정
가슴속에 새기고 응어리진 한(恨)은
또 얼마나 오래 갈까?
아이가 스승이다
말조심 해야지!
"말 한마디가 천 냥 빚도 갚는다"는데
오늘은 또 무수한 말들의 잔치에
나는 어떤 역할을 할까?

3
꽃향기에 취하여

사람들이 꽃 속에 스며들고
꽃이 사람 가슴에 새겨지면
만난 사람들 모두
아름다운 얼굴 되어
꽃잎처럼 둥실둥실 떠다닌다

상사화

나, 너를 어찌 잊겠는가?
너, 나를 왜 잊겠는가!
여인의 한 맺힌 사랑 가득 담고
피어난 너
내 인생의 여로를 보지 못하고
너 결실을 내 보지 못하니
새록새록 피어난 잎이 지고 말면
껑충한 연초록 대롱에서
붉은 꽃잎 피어나고
영원히 잎과 꽃이 만나지 못하는
비련함이여!
너 모습 눈부시게
내 마음 사로잡으니
천배, 만배 너를 위해 공양 하고
너를 부르짖다가
쓰러져 붉게 토하는 피여!
꽃 되어 다시 살아나리라

석류

숫처녀 그리움
쌓이고 쌓여
알알이 박히고
오뉴월 땡볕
가슴속 파고드는
잉태의 시간 지나면
파~란 하늘 속
구름빛 따라 오색실로
수놓은 홍보석
낮엔 햇빛
밤엔 달빛
열애의 흥분은 절정에 이르고
가슴 터지며 쏟아지는 환희
선연한 그 빛깔
초혼의 핏자국으로
가슴에 안기네

복수초(福壽草)

긴긴밤 그리움 쌓이고
달마저 얼어붙은 밤
여인의 흐느낌에 별도 함께 운다

아침 햇살 산허리에
듬성듬성 뿌리고 지나는 길

여인의 뜨거운 열정
얼음장 뚫고 나와
황금색 얼굴 내밀고
아름다운 자태 뽐내고 있다

임을 향한 그리움
타는 목마름으로
영원한 행복 꿈꾸고 있다

얼음새 꽃
버선발로 뛰어나온
어머니의 반가움 마냥
이렇게 기쁠 수가?

슬픈 추억은 가슴에 안고

햇살에 장단 맞춰 꽃잎 열고
흐르는 구름 덩달아 부채춤 추는 너

아! 입춘의 기쁨인가?
옛 연인의 탄생인가?
축복의 꽃으로
영원한 행복 이룬다

동백꽃

동백 한 송이
빨갛게 피었다
추운 겨울
고드름 영롱하게
보석 속에
꽃으로 피어나고
햇빛은
동백꽃 속에 묻혀
파란 잎새로 태어났다
더디게 피어오르는
동백꽃
기다림에 지친 님의 얼굴 보이고
남쪽엔
버~얼~써
화들짝 피었것제
갈증은 더해가고
한여름 소나기가 그립다

양귀비

뜨거운 불로 다시 태어나리라
소멸은 생명력을 가지는 원천
시간의 흔적을 더듬어
무형의 흔적이 자연 속에 살아나고
시간과 공간을 넘어선
탄생의 발견
꿈꾸는 기쁨 속에
피어나는 꽃

도라지꽃

어디로 가는 길인가?
산골서 태어나
산골로 가는 길
"오메 이쁜 것"
우거진 풀숲
떨어진 별처럼
가녀린 몸무새
얼마나 예쁜가?
시집 가는 누이
홍조 띤 얼굴
두근거리는 마음
실바람 따라 흔들이며
입 다물고
어여쁜 미소
보내는
도라지꽃이여!

능소화

소쩍새마저 잠든 밤
소화의 목소리
애절하게 울리고
봄바람 타고 온
눈물 속의 임이여

붉고 큰 꽃망울
터뜨리는 날
꽃향기 타고 다가온
천년의 사랑이여

복숭아빛 고은 자태
하룻밤에 맺은 사랑
기쁨으로 지내온
기다림의 임이여

구중궁궐 피어난
양반집의 꽃
하늘 향한
애절한 기도
보석으로 태어난 임이여!

라일락꽃

바람에 맛 향기 실어 와
지난겨울 묻어둔 이야기
봄나물 가득 담은
비빔밥 속에 피어나
참기름 뿌려진 깨소금 맛
장국에 더해진 구수한
코끝의 찡한
아린 향이여!
다시 피어나는 임의 손맛
아~ 라일락
잊힌 연인의 향기여!

민들레

너는 본래 홀씨가 아니어
그리움 가득 안고
세상 빛 밝히는 천사
사랑의 노랫소리 가득 안고
멀리멀리 떠나온 여행
봄빛 안고 피어나는 꿈
못다 이룬 사랑 안고 떠돌다
홀로 날다가 지쳐 쓰러져
어느 빈집
돌담에 쉬어
다시 피어나는 꿈
고운 미소 머금고
뿌리 없이
나는 비행의 시작

선인장

태양은 속살을 태우고

가슴을 파고든 비수

사막의 침대 위에 펼치는 정사

붉게 물든 시트는

정열의 흔적

작열하는 사막의 모래 위

낙타의 긴 호흡에 피어오르는 꽃

맨살로 부둥켜안은

찬바람의 반란

허탈한 웃음의 몸짓

눈빛은 이슬 머금고

여행을 시작한다

여인의 웃음 눈물겹다

봄까치꽃

푸른 여인아!
얼굴 붉히며 가만히 불러보는 너

개불알풀이라니
왜놈의 버르장머리 그러하겠지

시리게 푸른 꽃잎
가슴에 맺히고
무리지어 핀 모습
봄 들판의 신기루 같구나

하늘색 얼굴
웃음 띤 얼굴 내밀고
하얀 속살 감추고
다소곳이 유혹하는 너

봄빛으로
땅에 사는 봄까치의 가녀린 모습
기쁜 소식 전하는 봄날의 여인

봄바람 타고 전해오는
아름다운 선율

풀숲에서 여는 봄날의 향연

너를 보며 첫사랑 연인을 만나는 설렘

자노아
- 산야채

물오른 나뭇가지
보송보송한 솜사탕
탱탱한 머리 내밀고
불끈 솟은 목두채(木頭菜)

강원도 산골 계곡 타고 올라
하늘만 보는 너와집 맷돌에 앉아
어여~ 묵어!
주먹코 벌름거리며 흙 묻은 손 쓱싹
몸에 좋은~ 겨~
정감 어린 촌로의 목소리 담아
한입 베어 문다

쌉싸래한 맛
사박사박 씹히는 질감
향기에 취하고
정에 몸이 녹는다

지난겨울 숨겨 둔
바지 속 정기가
너와 함께 흐른다

*자노아: '늙은 까마귀의 발톱을 닮았다' 는 뜻의 두릅

114

개망초

갈라진 엄니 손등만큼
스며드는 고통의 깊이
오뉴월 뙤약볕
갈기갈기 풀어헤친
대지의 순박함을 비웃듯
하얀 웃음 보내며
엄니는 호미질에
어깨가 무겁다

밭이랑 사이
껑충한 너의 얼굴
반기는 이 없어도
지천으로 뿌린 너의 분신
밤길 가는 나그네
등불 되어 고맙구나

수봉산 매화꽃

매화꽃 바람 따라 춤을 추고
새잎 탄생 위한 잔치 마당인가?
춤추는 무리
비(雨)로 변하고
날리는 꽃잎의 소리 휘파람일까? 천둥일까?
하늘이 맑다
열린 하늘마당
매화는 아름다운 여인 되어 춤사위가 어여쁘다
꽃잎이 떤다
새의 깃털 되어 어디로 향할까?
햇살에 꽃빛 어리고
바람에 꽃내음 어우러지면
나들이 나온
사람의 얼굴에 꽃잎이 물결친다
수봉산 공원
꽃향기 강물처럼 흘러
잿빛 삶의 가슴에 스며
환하게 피어난다
사람들이 꽃 속에 스며들고
꽃이 사람 가슴에 새겨지면
만난 사람들 모두
아름다운 얼굴 되어

꽃잎처럼 둥실둥실 떠다닌다
아이의 웃음소리 들리고
발걸음은 꽃잎 되어
하늘을 난다

고려산 진달래

집착과 욕망
답답하고 번잡스런 삶을 누르고
한 걸음 한 걸음 올라간다
흐르는 땀방울
바람에 날리고
오련지의 전설 따라 운명이 고려산으로 잉태한다
바람결 따라
흩어진 연꽃이 자리한 절
흰 연꽃이 떨어진 자리의 백련사
적련사(적석사), 청련사, 황련사, 흑련사는
탄생의 비밀 고이 접고
나그네의 흥미를 자극한다
아! 우리의 선조들은 까만 연꽃을 보았는가?
바다가 열리고
어머니의 심장소리
파도 따라 전해오면
서해바다 황홀함
탄생의 의미를 알린다

(진달래)
아 ! 진달래 천지
진달래 가슴에 안아

분홍빛 연정 피어나면
여인의 환한 웃음
강물 되어 흐른다
불타는 열정
고려산은 노래한다
바람에 잘 씻긴 알몸
꽃잎에 물들고
무리지어 춤을 추는
여인의 교태에
눈이 멀어진다
하늘도 열어젖힌 얼굴로
밝게 웃어주고
춤추는 꽃들의 환호성
임을 향한 교성이다

찔레꽃

계양산 골짜기
솔숲 우거진 산길 따라
오월 햇살의 풀빛 고운 길섶에
가엾은 소녀
찔레의 넋이 아름답게 피어올랐다
산바람 따라
산새 노래 들으며
여름이 오는 길목에서 하얀 옷 입고
눈부신 꽃술로 유혹하는
찔레의 애타는 소리
진한 향기 되어
그리움으로 전해진다

산 나들이 가는 길
찔레 순 으로 허기 달래던
친구들 얼굴 떠오르고
콧노래 부르며 어깨동무 하고 걷던
향기 나는 길 따라
활짝 웃던 찔레꽃
누님 얼굴 피어나고
엄마 얼굴 그려지는
바람의 꽃 찔레꽃

군자란(Cliva miniata)

그래!
예쁜 놈은 예쁜 짓만 한다더니
아름답게 피웠다
겨우내 삐쭉 삐쭉 오른 꽃대
이제!
꽃이 활짝 피는구나
너도!
사랑 먹고 사니
웃으면 웃어주고
물주면 생기 돋아나고
난(蘭)도 아닌 것이
난인 척해도
그냥!
예뻐 보이니까?
눈감아 주자
꽃 속에 피어나는
고향 그리움
오늘은 맑은 햇볕 쬐어
바람 따라 보내줄게
서성이며 안절부절
내 고향 가는 길
멀기도 한데

진달래

미소로 다가와
눈웃음만 짓다가
말없이 가슴에 안기네

고통의 회색 추억(시간)
바람막이 없이(잎새 없이)
온몸으로 견디고
햇살가득 살포시 얼굴 내미네

찬바람에 언 얼굴
봄빛으로 홍조 띠고
임 기다리다 지친 마음
삭힌 가슴으로 타오르네

떨리는 입술
입 맞추려는 바람 피해
온산 외로움
홀로 안고 얼굴 붉히네

하얀 그리움
바람에 날리우고
바람꽃 되어 떠나려나
눈물 속에 보이는 그대

4
시와 함께 꿈꾸다

천년 세월
흘러 흘러
피어난 결실
진주보다 고운 빛으로
당신!
입술에서 피어난다
사랑해요!

희망
- 나는 새

동트는 새벽녘
한 마리 새가 날다
어둠 속
빛으로 선을 그으며
금빛 날갯짓 한다

지난 어둠의 시간
연보랏빛 안개
저편으로 사라지고
여명의 시간은
희망이다

새가 난다
햇살 가득 담은 날개로
맑은 바람 가르며
언덕 저편으로
보일 듯 말듯 날아간다

노을이 짙어
긴 밤은 이어 가고
새 아침
잉태 하는 시간

나는 새
희망이다

물이 흐른다

물이 흐른다
흐르는 물속에 유영하는
청자 빛 고려자기가 숨을 쉰다

물이 흐른다
흐르는 물속에 어릴 적 꿈, 피어나
자궁 속 고향으로 향하는
물고기 되어 아가미로 숨을 쉰다

물이 흐른다
섬이 바다로 떠다니고
섬 속에 바다가 갇혀
헐떡이는 섬을 바람의 날개로
숨을 쉰다

물이 흐른다
나로호의 굉음이 하늘을 날고
아이의 눈동자
환희로 다가오고
하늘 속에 갇힌 연기 자국이
아이의 가슴에서 숨을 쉰다

물이 흐른다
흐르는 물속에 떠다니는 먼지가
생의 모든 것을 싣고 간다

얻은 것은 없고 잃은 것도 없이
흐르는 물속에서 숨 쉬며 유영한다

시(詩)

너와 나
만남은 즈믄 해의 염원인가?
나는 가도
너는 오지 않았는데
순간과 영원 사이
오고 감
부산해도
빈 낚싯대만
바람 타고 노닐고 있다
건져 올릴 붕어는 없고
천년이 흐르고 있다

밤을 위한 찬가

밤이 어둠을 안고 사방을 감싸 안으면
까만 피부는 성감대처럼 민감하게
꽃처럼 피어나 사랑하는 이를 유혹하는 밤이여

달빛에 꽃피는 달맞이꽃이 애처로워
사랑하는 이를 애타게 부르면 까만 악기는
욕망을 음악처럼 흐르게 하는 밤이여

어둠이 있어 고마운 밤이여!
어둠과 열정이 교미하면 잉태하는
사랑의 열매들이 뒹굴어 나도는 잔치여

까만 얼굴이 아름답게 피어나고
그림자가 부쩍 커져 임이 원하는 아름다움으로 탄생하고
연인의 달콤한 밀어가 꽃피는 연인들을 위한 밤이여

동산에 만월
킬킬대며 웃고
바람은 임의 향기 고스란히 전하고
시간의 달음박질에 가슴은 미어지고
사라지는 밤을 위한 노래여

꿈을 꾸다

시간의 흐름이 무시되고
존재도 무의미
인간이 정한 날 2009년 1월
지구별 어느 조그만 거실
꿈을 꾼다
태양광선이 억년의 시간을 태우고
소멸 하면
진흙에서 태동한 생명이
몇 억 년을 진화해
모두 훌쩍 떠난다
물고기는 뭍에서
활보하고
바다는 이미 사막이다
인간의 꿈도 상실되고
믿음도 없고
사라져 버린 생물체는
화석으로 남고
창조는 이제부터다
지구 시간의 갈무리
왕은 없다
무수리만 존재할 뿐
인간이 만물의 영장이라고 하는 것은
교만이다

인생사
– 지구별로 소풍 온 우리

까만 밤
하늘의 별은 더 아름답다
지구별에 여행 온 우리
언제 떠나야 할 시간을 누가 알랴?
별이 자유롭게 유영하고
인간이 줄지어 지나간다
별 만큼 이어지는 인간의 무리
별 하나가 나 하나로 태어나고
떨어지는 유성만큼 인간도 지구별 여행을 떠난다
보석처럼 반짝이는 별빛이
아이의 눈동자로 빛나고
소풍 온 아이는 그저 흥겹다
즐거운 소풍날
(신나게 놀다 떠나야 하는데
웬 근심걱정 태산 같을까?)
시간은 유한하고 사랑할 일은 많다
사랑이라는 보물찾기
서로 나누며 가슴으로 인연은 맺어지고
은하수 물결 위에 조각배 띄워 보고
사랑하는 임 위해 고운 노래 부르면서
인간은
또 어느 별로 여행을 떠날까?

진리(眞理)

뇌리에 스치는 아픔이
골수를 타고 흐르면
고통의 느낌 보다는
환희가 다가온다

막다른 골목
피할 길 없는 공간
벌어지는 사투는
승자의 기쁨만이 아니다

오른발과 왼발의 조화로움 속
길을 간다는
진리에서 벗어난 허허로움
천길
낭떠러지에서 헤맨다

한마디

천년 세월
흘러 흘러
피어난 결실
진주보다 고운 빛으로
당신!
입술에서 피어난다
사랑해요!

나무를 심으며

늘 푸르게 살라 하네
왜 나무를 심어야 할까?
궁금하면
나무에게 물어봐
먼 훗날 그~저 흐뭇할 테니까
늘 즐겁게 살라 하네

무심

열매를 따지 말자
떨어지면 그저 주워서 즐기자
따다보면 나무가 얼마나 아파할까
고통의 표현도 느껴보자

비상

눈부시게 하늘이 맑은 날에는
하늘을 날자
먼 여로의 출발이
이 산 정상이라는 걸
멀리 나는 새가
몸가짐이 단정하듯
닭, 오리가
날지 않는 안일함을
비웃듯이
기러기는 먹이를
배부르게 먹지 않는다
꿈꾸는 새
날갯짓이 힘찬 것
내일을 위한
오늘의 노력일까
젊음의 아름다움
꿈꾸는 자의
눈망울에서 피어나듯
중년의 결실이
얼굴에서 베어나듯
노년의 여유로움
가슴속 알알이

맺힌 한(恨)이
진주 되어 빛나듯
꿈은 날갯짓 하며
계속 날아간다

임의 눈동자

임의 눈동자 속
엄마의 다정스런 눈망울이 떠오른다
임의 눈웃음이 그러하듯
엄마의 사랑스런 눈짓이 나를 감싼다
여자의 눈은 세상을 응시하고
여자의 눈은 세상을 품고
여자의 눈은 세상을 밝힌다
아이의 눈동자가 임의 눈동자를 쫓고
임은 이내 엄마의 모습으로 다가온다
눈 속에서 눈이 움직이고
우주의 블랙홀에 빨려든 나
그 안에서 내가 뛰어논다
바라보는 눈이
세상의 길을 만들고
모든 눈이 통하는 길목
천사의 모습
아이의 아장아장 걷고 있는 모습이 어우러져
눈동자 속에서 빛난다
임의 사랑스런 눈동자 속에
우주가 녹아난다

돌멩이

원초적 본능이 둥근모양이면
세월의 흔적이 나이테처럼 피어난다
홀로이면서 서로 기대어 만나는 어울림이
어깨동무 하고 얼굴 내민다
먼데서 하나이면 가까이서 여럿이고
서로 기대어 나누는 정이 살갑다
얼굴이 다르고 크기가 달라도
이어지는 모양새가 사뭇 흥겹다
(강가의 돌멩이 한 개)
굴러 굴러 가슴에 젖어들고
안으로 이어지는 고통의 환희가
물빛으로 청명하게 흘러간다
흐르는 물과 연애하고
노니는 물고기와 속삭이며
세상사 사는 이야기가 귀찮아
없어진 귀 – 동그랗게
둥글둥글 사는지 모른다
어린 시절 모난 나
세월의 흐름 속에 변한 모양
너무 닮아 눈물 흘리며
흐르는 구름 붙잡고
인생사 별거냐고 하소연 한다

허무

숭의동 285번지 사무실 안
한 마리 잠자리가 날갯짓을 하며
방향을 잃고 헤매고 있다

있어야 할 곳에 있어야 하는 것
빛이 나는 아름다운 모습의
자연의 섭리

신기하다고 느껴지는 것
집 잃은 새도 날아들고
매미도 잠자리도 찾아오는 곳

한 쌍의 장끼와 까투리가 박제 되어
한 세월을 넘나들고 있다

숱한 세월의 먹이 사슬을 뛰어 넘고
다시 태어나 사람의 시선을 사로잡는 것

오늘 내가 세월의 흐름을 막기 위해
피 흘린 보상일까?

지쳐 버린 삶의 공허함이

온몸을 감싸고
순종의 의미를 찾는다

얼굴

네모를 쌓아서 이루어진 세월
시간표에 의해서
바른생활의 표범이었다
세월의 흔적에 의해
견디어온 삶의 표상
둥글게 바뀌고
차곡차곡이 아닌 기대어 이룬
조화가 아름답다
하나같이 다른 모양
같음이 없어 신기해도
표정으로 흔적을 읽는다
각이 젊음으로 이루어지면
곡선이 완연함으로 다가온다
삶의 굴레 속에서 이루어낸
작은 소망이 존재에 있다

독백

산은 매일 귀를 씻는다

호수에 비친 자신의 모습
거울삼아
아름다운 새들의 노래
싱그러운 꽃들의 향기
바람의 시원함에
복이 넘쳐
귀를 씻는다

자신의 소리
작은북으로 다가오면
흘러 흘러
맑은 시냇물 따라
바다로 향한
꿈을 듣는다

함께 울다

아우성
파도는 화내고
바다는 제 모습 찾아
밀어 올라온다

하느님의 뜻이 아니기에
임의 의지대로 이루어지는 모습

그냥 그대로 자연(自然)
욕심이 하늘을 찌르고 고층건물(高層建物)
욕망에 넓어지는 땅 간척사업(干拓事業)
무릇
바람은 용서를 모른다

쓰나미

알갱이 없는 일상
사람이 죽어 울고
하느님도 울고 있다

죽음을 통한 예수님의 가르침

이제 다 이루어졌다

갈등

뿌리 없이 서 있는 나무
빈 마음
바람 따라 흘러간다

소멸이 다가와
생명에게 베푸는 의미는 상실
자비와 사랑이
마음을 채운다

떠오르는 해
동(動), 정(靜)이 순환하듯
피곤과 혼탁한 기운도
덩달아 춤을 춘다

타인이 맞서고
세상과 충돌하는 삶
갈등은 산처럼 쌓이고
행복의 의미
내 안에서 스스로 녹여낸다

자성(自性) 속에
생명이 흐른다

 · · · · · · 예수가 죽어가고 있다

5
술을 사랑하며

기뻐도 술을 마시고 슬퍼도 술을 마시고
기다리다 지쳐 쓰러져 술병이 빌 때까지 술을
마신다
술병이 비어도 술을 마시고
술이 없으면 기쁨과 슬픔으로 잔을 채워 가슴으로
마신다

술꾼의 인생

서산에 지는 해가 산봉우리에 부딪혀
빨갛게 멍이 들고 아쉬움에 소나무가지 걸터
쉬어 보지만 야속한 임처럼 사라지고
술꾼은 어슬렁 어슬렁
참새처럼 방앗간으로 흘러 흘러간다

기뻐도 술을 마시고 슬퍼도 술을 마시고
기다리다 지쳐 쓰러져 술병이 빌 때까지 술을 마신다
술병이 비어도 술을 마시고
술이 없으면 기쁨과 슬픔으로 잔을 채워 가슴으로 마신다

해가 뜨고 해가 지고 달이 오르고 비가 내리고 눈이 오더
라도
술판은 이어지고 그리운 임은 술잔 속에 고요히 남아있다
배우도 관객도 이방인도 한마음으로 만나서 어우러진 한
마당
술꾼은 스스로 주연이 되어 혼자만의 세상을 꿈꾼다

선악도 없다 가벼움과 무거움도 없다
가진 것도 없고 크고 작음도 없이 무심코 가운데로 흘러갈
뿐이다
잔이 넘쳐흐르면 세상과 통하고

잔이 부족하면 자연과 벗 삼은 태평세월을 누가 알까?

도솔천 건너 극락에서 꽃피는 산골 꽃동네에서
바다향기 그윽한 갯마을에서 넘치는 술잔에 꽃잎 띄우고
달콤한 밀어에 사탕타령도 한잔 술에 잊혀 버린
술꾼의 인생은 구름같이 떠돌다 어디론가 흘러간다

눈물
– 한 잔의 술

한 자락 실 같은 선이
얼굴을 타고 내리면
흘러내린 눈물 사이
내 눈물이 나를 끌어안는다
세상살이의 인연이 가슴 아파
소나기가 대지를 때리듯 가슴을 때리면
나만의 세계에 눈물은 나를 적신다
비온 뒤 하늘의 청명함이
눈물 흘린 뒤 상쾌함과 어우러져
기분 좋게 마신 한 잔 술
가슴으로 강이 되어 흐른다
비와 눈물이 다른데
진실은 단순하고
거짓은 복잡하게 다가오면
고요 속에서 깨달음을 찾는다
아~ 사랑은 어디에서 하는가?
땅을 밟고 하는 사랑은 흙이 묻어있고
진실로 하는 사랑은 언제나 진실이 스며있으면
나의 삶의 사랑은 어디쯤 있을까?
술잔 속에 비가 내리고
눈물이 떠다니면
진실과 거짓이 공존하고

공허한 세상에서 희망을 찾아
술잔의 높이는 쌓여가고
흘린 눈물만큼
오늘밤 삶의 깊이는 깊어져 간다

공허한 시간

홀로 앉아 술을 마신다
암갈색 음악 한 모금
술술 넘어 간다

어느 순간 하늘을 난다

하늘도 흘러가고
땅도 돌고
오징어 한 마리 발악한다

동해 바닷물이 흘러나오고
백두산 천지가 움직이는 시간
시간이 조금씩 녹고 있다

술시는

술

술

흘러내린다

술을 마시며

술잔 속에 장미 한 송이 피어오르고
임 향한 그리움
욕정으로 변한다

에덴동산 아담과 이브
새로 태어나고
농익은 과일 향기
욕정이 묻힌다

넘치는 술잔 속
풍만한 여인의 모습
흘러넘치는 임의 향기 따라
욕정은 용솟음친다

살며시 다가온
임의 모습
그리움으로 변하고

빈잔 속에 채워진
나신(裸身)된 나의 모습
환상적인 선율 따라
빙글빙글 돌아간다

오늘도 하루는 취하며 살아간다

술꾼의 변명

의사와의 대화

정 내과 원장과 진료 중
선배님!
술이 좋아요?
당뇨와 혈압이 높아 가면 정상적인 사회생활 어려워요
웬! 협박
제발 술 그만 드시고, 약 잘 먹고
운동하고 음식 조절 잘 하세요
응, 그래야지 정말 오늘부터는 절제하고 운동 하고
열심히 살아야지
황혼이 올 무렵이면
거짓말처럼 약속은 사라진다

아내와의 대화

오늘 또 거짓말을 찾아본다
술은 왜 또 마시냐고?
응, 할 수 없이!
어제의 약속은 허공속의 메아리였나!
매일 반복되는 질의응답
항상 대답은 궁색 하고

거짓말은 새롭게 탄생한다
술이 그렇게도 좋아?
아니! 그냥
그래도 발걸음은
주점으로 향한다

탁자에 기대어 잠들다

생선 굽는 마을에서
냄새가 진동하며
오장육부가 춤을 춘다
무의식속에
술잔은 이어지고
인생 이야기
부메랑 되어
뒤통수를 때린다
한 잔 술잔에 목축이고
두 잔 술잔에 임 그리워
세 잔 술잔에 신선이 된다
좁은 가슴 태평양 되어
거침없이 항해 하고
비틀거리는 발걸음
부질없는 인생살이
이어지는 푸념들
술은
만리장성 쌓고
무너뜨리고
새 역사를 창조한다
술은 술이다

술이 사람을 마시는 날

새벽 2시가 훨씬 넘었다
캬아~ 하는
소리가 점점 길어진다
이슬을 마시면서 내장은 뒤틀리고
오묘한 이상과 진리는 날개를 달고
창공은 난다
수없이 되뇌는 술잔의 수
바람결에 흩어지고
바닥을 긴다
소설 속의 이야기는 이어지고
지난 세월 발자취에 흥분한다
살아야 할 시간의 공백
흑백의 논리로 메울
바둑알을 찾는다
뇌리에서 터지는 폭탄
지뢰밭을 걷는 이방인
술은
안전핀이 되어
돌아온다
오늘 하루도 평온했다고

아침 단상

커다란 비누가 엷어져서
가냘프다
내 얼굴 땟자국 그만큼
씻기어 갔을까?
마음속 오기 날로 증가하고
선한 마음 날로 줄어들면
내 마음
어디에

성당의 종탑은
더 높아 보이고
내 죄는
그만큼 쌓이는 걸까?
내 마음
어디에

거울에 비친 환한 얼굴 보며
오늘도 깨끗하게 살리라
얼굴에 뿌려진 향수 느끼며
오늘도 향기롭게 살리라
단정한 옷차림에
오늘도 바른 생활로 살리라

감사한 마음
오늘도 열심히 살아가리라

죽음을 생각해 보지도 않았다

그러나 주위에 분들이 서서히 사라지고 먼 여행길을 떠나는 것을 보면 나도 언젠가는 준비 없이 무작정 길을 떠나야 할 것 같다

죽음을 선택할 수 있는 사람이 있을까?

아무도 없다. 하지만 나의 의지에 의해서 살고 있는 하루를 가장 값있는 하루라고 스스로 만족할 수 있는 하루가 있었던가?

자문해 보면 대답은 공허한 메아리일 뿐 확실한 답이 없다

아버지의 죽음이 그러했고, 어머님의 죽음도 그러했다

빈손으로 왔다가 빈손으로 가지만 확실한 것은 자식을 낳아서 그런 내가 존재한다는 것이다

그러나 내가 죽고 나의 아들이 죽고 나면 그분의 흔적은 사라지는 것일까? 무엇하나 남겨야 하나 아니면 흔적 없이 사라지고 뒷모습이 아름답게 떠나야 하나? 지구별 여행이 아름다웠노라고 어느 별 여행길에서 노래를 불러야 하나?

내일의 아침이 나를 반기고 또 하나의 하루를 사는 내가 왜 사는지?

무엇을 위해 사는지? 얼마나 열심히 살았는지?

나를 위해서! 가족을 위해서! 이웃을 위해서!

젊은 나이에 지구별 여행을 마치고 떠나는 사람도 있다

나도 내일이면 아니면 몇 시간 후면 떠날 줄 아무도 모른다

오늘 조용히 가방을 챙겨야 할 때가 아닌가!
스스로 자문해본다
나는 그런 생각으로 하루하루를 열심히 살았는지……

고독한 영혼에게 보내는 편지

아무것도 하지 않고 무심한 상태에서 하루를 보내는 일이 얼마나 힘든 일인지 별로 느끼지 못하고 하루를 그냥 흘려 보내는 사람도 있다

하지만 더 힘든 상황은 인생에서 마이너스 되는 길을 걷고 있는 사람들이다

가령 도박을 한다든지, 주색에 빠져 가산을 탕진한다든지, 경마와 주식을 한다든지 그런 일들을 말하는 건데, 왜! 인간들은 그런 일들에 빠져들고 있는지 자세히 관찰하면 참 흥미롭다

위에서 나열한 일들에 모든 인간은 흥미와 쾌락을 느끼고 돈을 벌고 쓰는 데에서 우월하다는 생각에 빠지는 것이 아닐까 생각해 본다

하루를 마치고 늘 반성하는 일들……

술을 마시지 말아야지, 도박을 하지 말아야지, 여색에 빠지지 말아야지, 돈을 버는 데 노력해야지……

이런 지극히 인간적인 생각에 빠져서 하루를 마감하고 있는 현실이다

생각은 하늘을 날고 꿈은 만리장성을 만들지만 늘 행해지는 일상의 일과에 묻혀 사는 사람들 미래의 위대함을 잊어 버리는 사람들일까?

자연의 아름다움도 잊고, 인간이 만들고 쓰고 있는 건물의 고마움도 잊고 사는 사람들일까?

주변의 사람들에게 손을 내밀고 악수를 청할 시간이 된
것 같다
땅의 냄새도 맡고, 숨의 아름다움도 보고 새의 노랫소리
도 들어야 할 때다
지붕에 내리는 빗소리에 얼마나 긴 시간을 울어야 했던
젊은 날의 추억도 기억하며 아내를 품에 안고 사랑을 속
삭여 보자
이제 지금 시작해도 늦지 않았다고 느끼면 정말 고마운
시간들이 기다리고 있는 것이다
이제 다가오는 내일을 위대한 미래에 꿈의 시간이다

여유로움을 가져 보자

아침 밥상에 오른 묵은김치 맛이
어찌나 맛깔스러운지 침을 흘리게 한다
지난 시간 빨리빨리에 익숙해진 우리
이제는 천천히 좀 더 생각을 깊이 하며
행동을 해야겠다는 생각에 우리의 삶에도
숙성이 필요하다는 생각이 앞선다
잘된 밥은 뜸이 잘 들여진 밥이고
고소한 향기는 군침을 돌게 한다
우리의 입맛은 좀 묵힌 음식에서
나는 곰팡이의 향기를 좋아하지 않았나 싶다
반질거리는 플라스틱 용기에
익숙해져 가는 우리
이제는 투박한 용기의 사기그릇에
소복이 담은 반찬과 어머님의 손맛이 깃들인
음식이 그립다
구두쇠의 동전처럼 야박하지도 않고
시간에 쫓기는 노예가 되지 않고
어려운 이웃에 대해서
우리의 지갑이 햇살 가득 온기를 불어넣어
잘 열릴 수 있는 그런 마음의 여유
비록 외투 자락에 헤어진 구멍이 있을지라도
멋진 미소를 보여주는 신사가 되어 보자

참삶을 위한 우리의 착한 상품들도 생각해 보고
우리는 착한 소비자가
되어 보자
좋은 날은 우리가 만든다는 생각에
오늘은 우리의 삶을 장독 속에서
숙성시킬 여유를 가져 보자

1분 단상

오늘 글쟁이는 무엇인가?
세계의 억만장자들
돈방석 위에서
요술램프를 흔들며 춤추고 있다
작금 가시방석 위에
춤추는 곡예사는 누구인가?
붉은 노을 누가 불렀는가?
미네르바는 누구인가?
독점적 권위의 파산을 꿈꾸며
글쟁이는 산골에서
흘러드는 바람만을 벗할 수 없지 않는가?
스타 신비주의도
퇴락의 길을 걷고 있다
우린 무엇을 추구하나?
대중 감정(Mass connoisseur ship)*의 자리매김인가?
스타들의 맨얼굴이 그립고
소비자와 함께하는 진정한 기업인이 보고 싶다
나도 오늘 한 줄의 글로
힘없고 배고픈 동료를 위한
한줄기 소나비의 신선한 느낌의
친구가 될 수 없는가?

*대중 감정: 메스(Mass; 대중)와 미술품 등의 감정 전문가를 뜻하는 커너서쉽(connoisseur ship)의 합성어. 대중감정은 이제 어떤 취향의 좋고 나쁨, 사실 여부 등이 소수 전문가의 권위를 통해서가 아니라 인터넷을 매체로 한 대중의 검열을 통해 이루어지는 것을 의미한다. 즉, 인터넷의 집단 지성에 근거한 소비 대중의 권력화 현상을 일컫는다.

홀로 연기하다
– 꿈꾸는 젊음

무대에서 뚫어져라 응시하는 나의 눈이 객석에 머물고
객석의 관객은 무대 위에 있다
나의 몸짓은 객석에 머무는 관객과 함께하고
두 사람의 행위는 카메라렌즈에 빨려 들어간다
무대가 거리로 나와 달리고
나의 몸짓에 웅성거리는 사람들
이어지는 난상토론에 답은 없다
준비된 대사도 없고
행동도 없고
어려움도 없어
특별한 사람도 없어
누구나 설 수 있는 무대에 홀로 신나서 놀고 있다
긴 호흡의 사람들만 새로운 언어로 말이 없는 대화가 흐르고
이야기꾼들은 새로운 미학에 빠져 거리를 방황한다
매력도 없고
반전에 반전도 없고
강한 액션도 없고
탄탄한 구성도 없다
기대하지 않아 좋아서 홀로 신나게 놀고 있다
인생은 연극이야~
각본 없이 진행되는 혼자만의 독백
그래도 젊음이 있다

작음에 대한 고찰

큰 물건을 들 줄 몰라서가 아니야
개미가 먹이를 많이 가져갈지 몰라서가 아니야
잘게 부순 이유
조근 조근한 이유
한 번에 하면 얼마나 쉬운 줄 몰라
그릇이 작은 걸, 넘치면 소용없는 걸
세상일이 그런 거야
보이는 것이 작은데, 먼 데가 보이나
잡히는 것이 작은데, 큰 걸 만질 수 있나
폭풍보다는 시원한 산들바람이 좋은 걸
강물보다는 시냇물이 좋은 걸
항구보다는 포구가 좋은 걸
세상일이 그런 거야
한꺼번에 먹어 치우면 체하고 마는 걸
한꺼번에 해치우면 탈 나고 마는 걸
쉬엄쉬엄 걸어가야지
달도 보고, 별도 보고,
기지개 한번 켜고
이슬도 맞으면서
천천히 천천히 가는 거야
한번씩 웃어 보자구

짧은 생각들

오늘도 자성록을 쓴다

철학적 사색이 생명이다
신이 존재하는지에 대해서
자연에 순응해야 하는지에 대해서
이웃 간에 화목해야 하는지에 대해서
자신의 존재에 대해서 밤을 하얗게 지새도 답은 없다
혼자일 뿐이다

감회나 상념의 조각들이 때론 조화롭게 진열되고
전쟁의 폐허처럼 산산조각 되어 뒹군다

아침이 밝아오면 세상에 태어난 자 중에서
가장 고귀한 영혼의 소유자를 꿈꾸어 본다
혼자만의 길을 걷기에는 비웃음의 대상일 뿐
조화로움과는 거리가 멀지만 그래도 돈키호테처럼
말 달리고 뛰어가본다

책을 읽는 기쁨은 산해진미보다 좋지만
술과 함께하는 책 읽기는 기쁨이 두 배이다
그리고 생각에 잠기는 것은 꿈꾸는 자의 특권이다

죽음을 본다
동물의 죽음에서는 희열을 느끼고 강자의 승리를 맛본다
사람의 죽음은 때론 강하게 삶을 지탱 해주고
한없이 약하게 만든다

자연에 순응하는 생활이 미덕이라지만
인간은 자연을 파괴하는 축배를 들고 있다
훗날 당신들의 머리가 재상에 올리어져
웃음거리가 될지라도 지금은 기뻐 날뛰는 인간 군상들이
가련하다

인간이 살아가면서 소중한 것이 무얼까 생각해본다
육체가 중요할까?
영혼의 생각이 중요할까?
예지가 없다 – 가치판단에서 누구도 침해할 수 없기에
그냥 지켜볼 뿐이다
나는 어떤가?

오늘 살아가면서 가장 중요한 것이 무언가
돈, 명예, 건강, 가족, 이웃, 삶의 가치 등등
무엇 하나 소중한 것이 아닌가?
욕심일까

버리는 삶의 방식을 취해야 하는데
머리는 부족하다

신에 대해서 생각해본다
정말 존재하는가?
보고 믿는 자 보다 보지 않고 믿는 자가 더 행복하다는데
그래서 도박이 생겨난 걸까?

불확실에 대한 믿음이 강한 자는
남들보다 더 똑똑하고 민첩하지만
쉽게 공든 탑을 무너뜨리고 더 잘 방황하는 것 같다

이웃에 대한 사회성을 강조하지만
이기심에 의해서 자기편 만들기에 분주할 뿐
진정 내 것을 모두 주고 비웃음을 당한다면
스스로 기뻐할 사람이 있을까

조용하고 편안하게 쉬어갈 장소가 어딜까 생각해보면
시골이나 바닷가 그리고 어디 산속의 산장일지 몰라도
마음이 편안하면 지하철 벤치라도 최고라고 본다

오늘 하루를 마감하는 손익계산서에 손해를 보았다고
기록하지 않는다
진정 금전적인 손해를 보았을망정 정신적인 이익에

더 많은 수치를 부여하면 손해는 없다
그런 인생살이가 풍요롭지 않을까

하루의 일과에서 정당하게 일을 처리했는데
불만이 있었다면 그 일을 계속 관찰해라
선하게 행동한 것에 대해서는 반드시 결과가 좋을 것이다

인간의 본성을 생각해 본다
이성이 있다
그래도 동물적인 감각이 앞서고 주먹이 앞서는 이유가
화를 푸는 방법에서 먼저 다가오는 것은 덜떨어져서 일까
야비하게 남을 속이고 죽이는 것보다는 면전에서
한바탕 욕이라도 하는 것이 좋다고 생각한다면 어리석은
짓일까

지금 열심히 사는 이유가 무엇일까
죽어서 이름을 남기기 위해서
살아서 편안하기 위해
자식을 위해
스스로가 행복하기에 열심히 산다면
정답일까

마음의 평정을 위해서 무엇을 해야 하나
많은 일을 하지 말라

남 앞에 나서지 말라
욕심 부리지 말라
조급하게 행동하지 말라
잘 생기고 잘 먹고 잘 살려고 하지 말라
나에게 이런 과제는 더 어려운 숙제이다

고위직에 있는 분
재산이 많은 분
지식이 많은 분
재능이 많은 분
이런 분과 같이 있을 때 느낌이 어떤가?
번거롭게 생각하지 말라
단순한 마음을 가져라
같이 있는 순간 인간으로 동등한 생각을 가진다면
당신이 승리자다
인생은 짧다
그 순간 긴장을 풀고 진지하게 대화했으면 한다

혹시 내가 아닌가? 반성해 본다
나쁜 생각을 가진 사람이 아닌가?
비겁하게 행동하고 아첨하지 아니한가?
생각의 틀에 얽매어 완고하게 고집을 부리지 않았나!
어리석은 생각으로 사나운 짐승처럼 화를 내지 않았나!
염치없이 탐욕스러운 표정으로 나만을 위해 표현하지 않

았나!
이런 반성문을 매일 쓸 수 있다면
나도 존경받는 이웃이 되겠지
허허허허 한번 웃어본다 미안해서일까

안다는 것에 대해서 고민해 본 적이 있는가?
작은 기술, 어설프게 아는 지식
반복되는 업무로 취득한 노하우 등
이런 것으로 목구멍에 풀칠하며 살아간다
새롭게 변화되게 창조하는 생각은 접어들고
일상의 안일에 빠져든다
생각의 차이를 가진다면 훨씬 더 삶이 윤택해질 텐데

누구는 나에게
바위처럼 살아라
끊임없이 파도가 다가와 때리고 부수어도 끄떡없이
버티고 서 있는 굽힘 없는 바위처럼 살아라 한다
누구는 나에게
물처럼 살아라
굽으면 굽은 데로 바르면 바른 데로 흘러 흘러
함께하는 거역함 없이 평화롭게 살라 한다
답이 없다 어떤 것이 더 잘 살았는가는
지나보면 안다 함께 어우러져 살아보련다

꼬막

어머니의 맛
소쿠리 가득 담아
허겁지겁 허기 달래며 까먹던
간간하고 쫄깃쫄깃하면서 질기지 않던 낭글낭글한 맛
어머니의 가슴에 묻혀 잉태하여 빚어낸 맛
싱싱하면서 알큰하기도 하고
비릿한 갯내음 코로 올라오는 맛
어머니의 손길로
야들야들 부드러우면서
여린 탄력으로 다가오는
섬세하고 미묘하다 못해 알싸한 맛
움츠린 어깨 붙잡고
시린 손 불며 까먹던
신비의 그 맛

나의 시와
종교 사이에 이루어지는 공감각
– 나는 이런 시를 쓰고 싶다

시인이 표현하고자 하는 언어는 무엇인가? 들에 핀 꽃을 보면서 아름다움을 느낄 때, 하느님에 대한 무한한 감사를 몸을 통해서 정신을 포괄하고 간신히 흘러나오는 말.

이 말이 종교적으로 느끼는 체험을 통해서 선의적이든 악의적이든 아름답던 추하든 모든 느낌이 오로지 하느님만을 위한 자신의 온전한 희생에서 비롯되어 꿈꾸듯 피어나는 영롱한 햇살속의 언어가 아닐까?

현실과 종교 사이에서 이루어지는 갈등을 오로지 자신의 몸과 마음을 다 태워가면서 서서히 소멸해 가는 과정에서 이끌어내는 고귀한 언어의 표출.

현실에 대한 나의 종교관과 타인이 머무르고 있는 종교에 대한 동일한 느낌과 이질감에서 함께 하는 느낌은 우리라는 공동체에서 기쁨과 슬픔을 함께 공유하며 타인의 아픔과 고통을 이해하고 그들을 위해서 기도하며 함께 해줄 수 있는 자신의 희생이 언어로 피어날 때 시와 현실, 시와 종교 이질적인 대상에서 함께 할 수 있는 공통적인 요소와 이질감에서 오는 어려운 결합을 어떻게 표현해서 어둠에 있는 자들을 양지로, 힘들고 고통 받은 자들에게 위로를 보내주고 힘이 되는 말.

종교를 배척하며 보이지 않는 눈빛과 들리지 않는 목소리를 나 자신이 느끼며 그들의 시간 속에 머무르면서 나의 느낌(하느님의 존재)이 그들의 마음에 전해질 수 있도록 날카롭고 예리한 칼날로 그들의 마음에서 썩은 부위를 오려내고 신선한 혼을 불어 넣을 수 있도록 하는 시적인 언어의 표출.

기도 속에서 늘 타협하는 현실성이 오로지 하느님만을 위한 것으로 승화 되어야 할 때, 현실과의 더러운 타협을 외면할 수 언어로 이질적인 목소리로 아름답게 발산하는 역설적이고 자기모순인 불순한 아름다움의 표현.

타락한 현실에 대한 타협 속에서 연꽃의 아름다움만을 찾아 미사여구를 나열하고 새의 아름다운 목소리로 쇳소리를 위장하는 뛰어난 자기방어를 무너뜨리고 무색무취에서 발하는 찬미하며 찬송하는 어린아이의 눈동자와 울음으로 표현되는 시어.

병든 자 죽음을 어깨에 메고 있는 자들이 병명도 모르고 왜 병이 걸인지도 모르고 내 탓이 아닌 남의 탓에 의해 이루어지는 현실에서 그들이 살아온 과거의 행적을 추적하여 올바른 믿음, 삶에 대한 진실이 살을 저미고 뼈를 깎는 아픔 속에서 치유 될 수 있도록 무섭고도 초라한 모습을 모나리자의 미소로 당당하고 환한 얼굴로 바꾸는 언어의 마술사.

우리 인간이 죄인이지만 죄인이 아니라는 것, 태초에 아담과 이브가 죄인이 아니듯이 우리도 죄인이 아니라고 소리치고 있지만 하느님의 사랑이 어디까지 포용해줄지 현실의 역설적인 말들이 나를 옥죄고 현실의 낡은 감각이 의미 없이 균열되고 해체되어 쓸쓸하게 홀로되어 부조리한 언어를 잉태하지만 사산되지 않고 태초의 울음을 우는 소리의 시어.

개혁을 꿈꾸는 작은 성자의 노래
– 박철의 시 세계

임노순(시인, 문학평론가)

1

　사랑과 슬픔의 역설적 미학으로 주목을 받았던 박철 시인이 『그림자놀이』에 이어 『예수가 죽어가고 있다』라는 다소 충격적인 제목의 두 번째 시집을 펴낸다. 2010년 겨울, 흰 눈이 세상을 덮은 어느 날, 부평공원묘지 앞에서 만나 빼곡한 죽은 자들의 마을 샛길을 오르며 만수산을 오를 때, 신앙시를 써 시집으로 묶겠다는 이야기를 들은 기억이 있다.

　우리나라에는 아직 본격 신앙시가 장르로 자리 잡고 있지 않거니와 개인적 기도나 찬양이 대부분인 글을 묶어 신앙시라고 우기는 신앙인들이 있을 뿐이라 솔직히 그냥 흘려듣고 말았었다. 꼭 3년 뒤, 전편은 아니지만 서른 편의 시를 앞세워 신앙시를 선보인다.

죽은 예수가 다시 살아나 현존한다는 것을 사실로 인정하는 것이 구교와 개신교 신앙의 본질이다. 그런데 그 예수가 죽어가고 있어 안타까워하는 이가 성직자가 아닌 시인 박철이라 충격이다. '임을 위한 노래가/허공에 맴돌고', '겉으로는 서로 나누고/희생하고/봉사하는' 척 '말만 무성한 거리'가 오늘의 현실임은 누구나 인정하는 객관적 사실이다. 그러나 죽어가고 있는 예수를 내가 그렇게 했다는 고백은 아무나 할 수 없다.

박철 시인은 따로 묶은 서른 편의 신앙시 앞에 '나의 신앙을 고백하며'라는 서브타이틀을 붙였지만 이미 개인적 차원의 고백을 넘어 개혁을 위한 대안의 제시라고 할 수 있다. 시의 진정한 기능이 사회 전반의 현상을 직시하고 통찰하며 재해석하여 새로운 정의를 내리는 것이라면 분명 박철 시인은 이 기능을 누구보다 충실하게 수행하고 있어 믿음이 간다.

임을 위한 노래가
허공에 맴돌고
내면은 온통 욕심과 욕망

명예와 영광

아집과 독단

인생살이는 버리지도 못하고

떠나지도 못하고

그물망에 걸린 고기모양 헐떡이며

하늘에 흐르는 구름을 원망하고

초원의 들꽃을 그리워한다

임을 향한 그리움이

땅 끝에서 땅 끝까지 이어지고

겉으로는 서로 나누고

희생하고

봉사하는

말만 무성한 거리의 축제

예수살이가 힘들고

고통스러워도

보상받지 못한 현실에 눈물 흘리며

하늘 문이 열리고

구름들이 춤추며

새들이 노래하는 천상을 그리워한다

무소유로

남의 고통을 함께 하며

용서와 화해로

임의 어린양이 되기 위해서

이제, 예수를 살려야 한다

오늘 죽은 예수는

나로 인한 것

　　　-「예수가 죽어가고 있다」 전문

　이번 시집이 그의 처음 의도와 다르게 다섯 개의 또 다른 서브타이틀로 시집을 꾸린 의도에도 주목해야 한다. 가령 「제물포를 사랑하며」는 내가 살아가고 있는 동네에서 최선을 다하고 날마다 만나는 이웃과 소통 하는 법을, 「꽃향기에 취하여」에서 자연과 친화하는 법을 알려주고, 「시와 함께 꿈꾸다」에서는 시인 개인적인 고뇌와 갈등과 희망을 보여준다. 뿐만 아니라 「술을 마시며」에서는 맨 정신으로는, 술에 취하지 않고는 살아가기 힘든 소시민의 고뇌를 보여주고 있다. 그의 이번 시집의 시편들을 읽으며 새로이 발견한 것은 그가 무엇보다도 그가 숨 쉬며 발 딛고 사는 이 땅과 마을과 사람을 진정으로 사랑한다는 사실이다. 그가 왜 신학을 하지 않았을까 하는 의문과 함께.

2

 박철의 첫 번째 시집에서 자신의 내면적 성찰을 주로 보여 주었다면 이번 시집은 외향적 성찰이 도드라졌다는 점에서 그의 변모에 독자의 눈길을 사로잡을 것이다. 외향적 성찰이라는 것은 그의 안목이 개인에서 사회적으로 넓게 확장되었다는 긍정적인 의미이다. '예수님을 팔아서 나를 사고/하느님을 팔아서 로또의 행운을' 비는 현상이 오늘의 현실이다. 오늘의 교회는 '감사하라/사랑하라/행복하라는/썩은 생선보다도 못한 말들의 잔치에/눈이 따갑다'. 이런 세상을 바라보며 한숨만 쉰다면 시가 아니라 내면의 탄식일 뿐 시가 아니다. 박철 시인은 탄식하지 않는다. 고백만 하는 것도 아니다. 세상을 바꾸고 싶어 한다. 작은 예수가 되어. 박철 시인이 꿈꾸는 세상은 무엇일까?

나의 사랑
임에게 향하면
햇빛 되어
별빛 되어
달처럼 온유하게
꽃처럼 아름답게
나비 되어 그대 품에 안기리

임을 향한 나의 사랑

눈꽃으로 피어서

임 품에 안겨

가슴속에 녹아 나리

하늘을 나는

햇살 무리

날개 접고

애타는 이 마음

임의 가슴에서

꽃처럼 피어나리

－「사랑의 찬가」 전문

소용돌이 속에서

사람과 사람이 만나서 이루어진 선

수평선과 수직선으로

이루어진 마음

둥글게 접어 순한 마음으로

키워보고

너와 나

마주하는 벽과 벽의 만남

곡선으로 만들어

하늘과 소통을 꿈꾼다

하느님이 만든

자연의 선

곡선 따라 길을 간다

— 「하느님 따라 가는 길」 전문

이쯤 되면 얼마나 좋을까? 그러나 세상은 어림없다. '우리
는 그저 세상 후미진 곳에서 질퍽대며 살다가, 놀다가, 주일

이면 십자가 밑에서 두 손 모으고 저마다의 생각으로 기도하고 돌아와 땅 위에서 보지 못한 예수님은 하느님 바른 편에 온전히 잘 지내시는지, 그것보다도 하늘에는 진짜로 하느님이 계시는지 궁금하긴 하지만 그냥 잊어버리고, 주말에 또 추첨할 로또나 사러 가야지.' 이게 우리의 모습이라는 것이 박철 시인의 눈에 제대로 들어왔다.

예수님을 팔아서 나를 사고
하느님을 팔아서 로또의 행운을 빌어
지나가는 스님은
부처를 팔고
장애우에 붙어
먹고사는 사람들
누가 불쌍한 사람인지
길 가는 사람
행렬하는 군중의 무리가
외치는 아우성이 공허하다
누가 누구를 섬기는지
길도 진리도 생명도 없다
땅 위에 주님이 없고
하늘에는 하느님이 계시는지
일용할 양식을 구할 세치 혀

하느님께서 친히 가르쳐 주신

기도말씀으로

살아간다

– 「주님의 기도를 바치면서」 전문

용현시장 뒷골목

공중화장실 앞에는 오병이어(五餠二魚)라는

식당이 있다

어느 행렬인지 할아버지 할머니 모습이

애처롭다

꾸역꾸역 보이는 모습 쓸쓸히 흩어진다

물이 넘치고

밥이 썩어 넘쳐도

죽어가는 사람이 있다

하늘에서 주신 빵

강에서 주신 물고기

소리만 넘치고 울림은 없다

바라만 보신 주님

하느님 말씀으로 살고 싶은 기쁨

당신 손이 그립습니다

예수의 기적은 이루어질까?

이어지는 행렬

입으로 쌓아올린 빵과 물고기

빈 깡통의 울림에

흰머리

바람에 애처롭다

– 「오병이어」 전문

　박철 시인은 세상의 온갖 죄를 고발하려고 시를 쓰지 않는다. 더럽고 추한 이야기, 악한 범죄자의 이야기는 기자들이 쓰는 것이다. 이미 신문에 기록되었고, 방송으로 알려졌고, 앞으로도 그렇게 될 것이다.

　그것보다는 삶이 얼마나 고단하고 힘겨운가. 그럼에도 이겨내고 살아가자면 신앙의 힘이 필요한데, 현실적인 삶과 신앙을 함께 지켜내기란 또 얼마나 어려운가. 그러나 방법이 분명 있으리란 확신으로 살아왔고, 마침내 그 방안을 나름대로 터득했다고 보인다.

    날 위해 찾아오신 임

    내 몰라 버렸으니

    내 무슨 낯짝으로

    임 만날 수 있으리오

    임 떠나가신 뒤

    천둥번개도 서러워 울었는지

    참고 견디지 못한

    내 못난 마음

    돌로 발등 찧고

    도끼로 내리쳐 본들 무엇 하리

    내 설움 겨워

    울고 울어 본들

    임이시여!

    이 아픈 마음 달래줄

    따뜻한 손 한 번만이라도 내어 주오

    – 「임을 떠나서」 전문

성호를 긋고 곱게 앉은 자리

살포시 눈 감고 반성의 기도 올리며

지난 시간 지은 죄

물거품으로 사라지길 빌어본다

앉았다

일어섰다

신부님 강론은 자장가 소리로 들리고

끄덕이며 침 흘리고

코 고는 소리에 순간 아찔하고

아~하

왜! 왔지 묻고

오지 말걸 그랬지 후회하고

미사포 속 고운 얼굴로 기도하는 아내의 모습

참아야지 참아야지 참아야지

아내 따라온 길

만사가 평화롭다

인고의 시간은 흐르고

"복음을 전합시다"

하얀 백지장 그려지는 주님의 얼굴

가는 길에 함께

그림자처럼

내 안에서 놀부 마음 사라진다

– 「놀부 마음」 전문

수갑을 찬다

거미줄 보다 더 진득한 올무로

수갑을 빼고 달아난 죄인

"두렵다, 무서워서 도망친다"

묵주를 손목에 차고

이유 없는 반항으로

묵주를 던지던 날

자유로움이 다시 나를 구속하고

하늘을 나는 새를 보았다

나를 버리는 주님

왼쪽도 아니고 오른쪽도 아니다

길은 어디에도 없다

다시 주님을 따라 걷는다

한 송이 한 송이 잘라버린 장미

장미가 불에 타 오르고

저 너머 보이는 무지개 사이

갈증은 더 신선하다

어디

묵주를 다시 찾는다

환호하며 반기는 주님을 본다
이제 시작이다
버린 묵주에서 피어난
장미꽃이 더 아름답다

― 「손목에 찬 묵주를 버리고」 전문

박철 시인의 신앙시편은 일반적인 기도시나 찬양시와 확연히 다른 점이 재해석과 새로운 정의를 내리고 있다고 앞서 말했다. 그러나 한 가지 더 첨가하자면 미래의 예측력을 갖추고 있다는 점이다.

밀물처럼 뛰어온 미사시간
바다 가운데
외딴 섬 하나 있다
겨우 정박한 안도의 시간

바다는
파도를 몰고 오고
폭풍우를 그치게 하는 것은 하느님
"평화를 빕니다"
얼굴엔 젖은 미소

가슴엔 울렁이는 파도

주님의 피와 살을 모시고

밀물은 썰물로 바뀐다

내 안에 울렁이는

거대한 파도소리도 사라지고

새롭게 시작하는 바닷길

닻도 돛대도 다시 달고

가슴을 여미며

내민 손

평화롭게

환한 모습으로

실바람 타고

착한 예수님 웃으며 다가온다

– 「평화를 빕니다」 전문

우리 신부님 너털웃음에 취해서

강론 내용도 잊어버리고

그냥 왜! 그 여인은 아픈 다리를

절뚝이며 고행의 길을 걸었을까?

신부님도 웃고

우리도 웃고……

멍청한 시선으로 밖을 보는데

스님 한 분이 시주 하러 왔습니다

목탁 두드리고

염불을 하고

천 원짜리 한 장에 복을 빌어 줍니다

못된 생각 떠오르고

신부님도 거리를 다니며

목청 높여 시주를 요구할까?

뇌리에 스친 생각

우리 신부님은 할 수 있다고……

고행의 길이 펼쳐지고

수녀님 한 분이 지나갑니다

내리는 눈을 고스란히 맞고

흰 눈이 수녀님의 몸에서

꽃으로 피어납니다

흰 눈이 소복이 내리고

세상은 모두 백색의 그림을 그립니다
무슨 색을 칠할까?
바람이 살짝 색깔을 보여 줍니다

스님의 염주가
내손의 묵주와 번갈아 돌아가고……

눈 오는 날
망상은 꼬리를 물고
기차를 타고
먼 길을 갑니다
타는 손님도 내리는 손님도
모두가 정겹습니다

신부님의 얼굴이 떠오르면
하회탈처럼 웃고
조용한 말씀은
북소리로 잔잔히 울려
마음속에 다가옵니다

– 「눈 오는 날의 망상」 전문

성경을 읽으면 졸립다

산처럼 높아 보이기도 하고

강처럼 깊어 보이기도 하고

글씨가 너무 많아 눈알이 핑핑 돈다

들꽃을 한참 바라보니 말을 한다

옹알옹알

성경을 한참 바라보니 눈이 떠진다

끔뻑끔뻑

우리말 배우는 아이처럼

태초에서

아멘까지

따라 가본다

우리의 첫 만남

꽃 이름 외우듯이

해, 달, 별들을 푸른 노래로 부르듯

꽃향기 바람타고

이름 모를 사람들 노래하듯

시작은 늘 새롭다

졸다가 바라본 세상
기쁨과 희망이 넘치고
새날
새롭게

– 「성경을 읽으며」 전문

3

박철 시인의 시를 읽다가 새삼 느끼는 건 신앙시가 아닌 일
반적인 시에도 예수가 보이고, 하느님이 보인다는 사실이다.
진정한 신앙인은 성령으로 오신 예수님을 내 안에 모시고 살
아간다. 그래서 그분의 의지와 힘으로 살아가며 보고 듣는다.
박철 시인의 일상도 진정한 신앙인의 일상이란 것이 2부의
'제물포를 사랑하며'에 고스란히 드러난다. '수직의 햇빛도
나를 키우고/사선의 빗줄기도 나를 키운다/바람이 다가와 속
삭이'는 소리를 듣는 시 「인천에 살면서」에서 보여주는 시인
의 아름답고도 밝은 성찰은 이미 그가 범인(凡人)이 아니라는
것을 증명한다.

대지의 평화로움은 늘 평온이 아니다

수직의 햇빛도 나를 키우고

사선의 빗줄기도 나를 키운다

바람이 다가와 속삭이며

떠난 자리에 풀벌레 소리가 지키고

빗살무늬로 다가온 소나기는

한바가지 뒤집어쓴 청량감으로

산등선 저편에선 무지개가 웃고 있다

고향집 장독대에서 누렁이와 보낸 오후 한나절

그리워 산길을 걸어 보고

꿈으로 가득 찬 시절

동백꽃이 피멍울로 뭉쳐 떨어질 때

바람과 함께 섬마을 인적 없는 곳

해당화 향기에 취해 밤새워 통곡 하던 시절

세월 따라 흘러온 어진내(仁川)

살아온 지난 시간에 감사하며

손익계산서에 일기를 쓴다

온통 나를 감싼 고마운 분들이기에

갚아야 할 7할의 빚더미

소리 없이 다가온 중압감에 울어보고

감사의 기도로 마음을 붙잡고

지나온 길 따라가 하소연 한다

정말 행복한 놈은

웃으면서 살아간다고
그래도 오늘은 평온했다고

– 「인천에 살면서」 전문

한 말을 또 하고
듣는 이 없어도
또 지껄인다
뇌의 실타래 감기고
끊어진 연줄
나락의 길로 이어 진다

망가진 회로에
적색등 켜지면
할머니의 행동
어우러져
순수한 감정으로
길을 간다

무(無)에서 무(無)다.
누워서 시작한 길

기어서 가고

걸어서 생각했던 일

뛰면서 흘린 땀방울

넘쳐흘러 강을 이룬다

낙엽 따라 흘러온 길

지팡이에 기대여 보고

추억은 찬란했다

떠나기 위해

비어야 하는 일상의 일

원점으로 돌아가는 길 위에

망각은

마~알~간 원초의 색으로

옷 입는다

– 「숭의4동 독거노인을 보면서」 전문

수봉산 언덕 오르다 말고

뒤를 본다

몇 발자국

뇌리에 스치는 기억 사라지고

쉬엄쉬엄 오른 노인의 모습

지난 삶의 흔적이 꽃처럼 피어난다

추위가 온몸 감싸 안으면

움츠린 몸

열기가 피어나고

나목들은 안으로 안으로

사랑을 꽃피고 있다

매서운 바람에

나뭇가지가 부러지고

아픈 상처를 석양빛이

어루만지고 간다

양지바른 산허리

목련은 새움을 준비하고

메마른 잔디 속에는

파란 풀빛이 머금고

정상을 향해

묵묵히 걷고 있는 나의 발자국이

색인되어 궤도를 타고

돌고

산에 오르는 사람들 고운 심성

전해져 오면

새도 되고, 나무도 되고, 풀도 되어

당신을 기쁘게 해 드리고 싶습니다

수봉산을 오르는 사람 행복합니다

수없이 만나는

사람의 얼굴에서

희망의 열기를 느낄 수 있기 때문입니다

– 「수봉산을 오르며」 전문

　박철 시인은 '오늘 남은 몇 조각의 시간/아름답게 보내기 위해서/사랑의 연서를 쓴다/당신이 있어 마음이 편하다고/아들이 있어 든든하고/딸이 있어 사랑스럽다'(「제물포 거리」)면서 가족에게 사랑하는 편지를 쓰지만 가족만큼 이웃사람을 사랑한다. 선잠에 눈을 부비는 어린아이, 순두부나 어묵을 파는 아저씨, 역전 노점상, 가구점 엄씨도 사랑한다.

　오늘날에는 성자가 없지만, 모두 다를 사랑하는 성직자도 없지만, 그래서 자기편만 좋아하고, 맘에 안 들면 패거리로 모여 상대를 비방하는 똑똑한 성직자만 있지만 박철 시인은 바보처럼 모두 다 사랑한다. 사랑하면서 헌금을 받지도 않는다. 오히려 내 것을 퍼주고도 허허 웃는 바보성자처럼 사랑한다.

　왜 그럴까? 우리의 성자들은 정말이지 바보처럼 이웃을 사랑하다 떠났지만 세상을 바꾸지는 못했다. 그러나 박철 시인은 변화를, 변모를, 개혁을 꿈꾸는 듯하다.

숭의동 2번지

동트는 산 아래 마을 어귀

지우다만 어둠이 실루엣 된 거리

환상으로 다가오고

휘날리며 거니는 처녀의 머리카락 사이로

짙은 향기 풍기고

출근하는 청년의 힘찬 발걸음 사이로

희망의 노랫소리 들리는

제물포 우리 마을

된장국 냄새가 담을 넘는다

부스스 눈 비비는 아이의 모습

평화롭게 아침이 온다

순두부, 오뎅 파는 아저씨의 외침에

놀란 새들도 함께 지저귄다

등산가는 이웃집 김형,

역전 노점상 오씨,

동일주택 박씨 노인네,

동네 어귀 가구점 엄씨,

모두가 분주한 아침

살아가는 힘찬 모습에

희망의 아침은

주위를 맴돌고

평화로운 아침은 달콤한 꽃향기로

온 동네를 감싼다

– 「제물포의 아침」 전문

윙~ 윙~

힘겹게 돌고 있는 선풍기 앞

몸집 큰 할머니 졸고 있다

참새 한 마리

좌판 위 기웃 거리고

조잘 조잘 오랜 친구처럼 한참을 선문답 한다

삶의 흔적

고스란히 그려진 얼굴

이제 미소를 보아야 한다

담장 넘어 담쟁이 넝쿨 기웃 거리고

새마을운동 때 심은 무궁화

무궁화 꽃이 피었습니다

주민세도 꼬박 꼬박 내고 있습니다

좌판세도 매일 매일 내고 있습니다

돈 많은 양반

세금 못낸 이유가 뭔지 모릅니다

한 줌의 좁쌀을 팔아도

할머니의 좌판은 늘 풍성합니다

주름진 얼굴 사이로

땀방울이 흘러내립니다

시원한 바람이라도

한줄기 불어

할머니의 얼굴에 주름이 펴졌으면 합니다

오늘은 정말 무더운

하루였습니다

- 「제물포 노점상을 보면서」 전문

시 「이웃의 어려움을 느끼며」에서 드러나는 이 사회 하층
민의 삶을 보면서, 큰 소리만 치면서 누구도 해내지 못한 '세
상 바꾸기'에 관심을 갖는다. '어느덧 물밀 듯이 친구들은 모
이고/왁자지껄 떠드는 소리/학교를 향한' 학생들이 개미떼처
럼 몰려드는 모습보고 '꿈의 포도송이가 주렁주렁 열릴/아름
다운 세상이 저만치서 성큼 다가온다'(「등굣길」)고 믿기 때문
에 사랑하는 것이다.

억압 받고 설움 받은 삶

보상 따윈 먼 이야기

찬바람 옷 속을 파고들고

시린 가슴

더욱더 외롭다

주인공원 입구에서 낙엽을 밟고

돌다리 밑에서

이름 모를 낙서들과 눈맞춤 한다

외롭게 보낸 지난 밤

노숙자의 심정을 기러기는 알까?

사랑과 온정은 기러기 울음소리와 함께

날아가고

살고픈 욕망에 눈동자만 핏발서리고

몸은 안으로 안으로 접어든다

삶의 의미가 뭔지?

이웃 사랑의 실천이 뭔지?

미친년 속옷은

열두 겹 입어도 보인다고

굳게 동여 멘 옷자락 사이

황소바람은

더욱더 기승을 부린다

－「이웃의 어려움을 느끼며」 전문

수봉공원 언덕길 내려오면

배꽃거리에 엄마와 아이가 걷고 있다

툭툭 치며 장난질 하는 모습이 정겹고

그윽이 바라보는 눈동자에

사랑이 넘쳐흐른다

엄마는 옛 시절로 돌아가고

아이는 훌쩍 엄마의 키를 따라 잡는다

소곤소곤 대화에

살포시 웃는 웃음은 미래의 희망을 본다

등굣길

아침 햇살은 부드럽고

푸른 날의 꿈은 피어난다

실바람은 가볍게 아이의 볼을 스치고

가로수의 잎사귀는 기쁨으로 춤을 추며

엄마는 황홀히 아이를 본다

아이와 함께 하는 등굣길

엄마와 아이의 포옹 속 작별인사는 아름답고

향기 나는 삶의 속살을 읽는다

어느덧 물밀 듯이 친구들은 모이고

왁자지껄 떠드는 소리

학교를 향한 개미들의 행렬에

꿈의 포도송이가 주렁주렁 열릴

아름다운 세상이 저만치서

성큼 다가온다

– 「등굣길」 전문

4

　박철 시인이 아름다운 세상을 만들고자 개혁을 꿈꾼다고 읽었는데, 그의 개혁가적 자질은 아이러니하게도 서브타이틀 '꽃향기에 취해서'와 '시와 함께 꿈꾸다', '술을 사랑하며'를 통해 발견되었다.

　나, 너를 어찌 잊겠는가?

　너, 나를 왜 잊겠는가!

　여인의 한 맺힌 사랑 가득 담고

피어난 너

내 인생의 여로를 보지 못하고

너 결실을 내 보지 못하니

새록새록 피어난 잎이 지고 말면

껑충한 연초록 대롱에서

붉은 꽃잎 피어나고

영원히 잎과 꽃이 만나지 못하는

비련함이여!

너 모습 눈부시게

내 마음 사로잡으니

천배, 만배 너를 위해 공양 하고

너를 부르짖다가

쓰러져 붉게 토하는 피여!

꽃 되어 다시 살아나리라

－「상사화」 전문

푸른 여인아!

얼굴 붉히며 가만히 불러보는 너

개불알풀이라니

왜놈의 버르장머리 그러하겠지

시리게 푸른 꽃잎

가슴에 맺히고

무리지어 핀 모습

봄 들판의 신기루 같구나

하늘색 얼굴

웃음 띤 얼굴 내밀고

하얀 속살 감추고

다소곳이 유혹하는 너

봄빛으로

땅에 사는 봄까치의 가녀린 모습

기쁜 소식 전하는 봄날의 여인

봄바람 타고 전해오는

아름다운 선율

풀숲에서 여는 봄날의 향연

너를 보며 첫사랑 연인을 만나는 설렘

– 「봄까치꽃」 전문

'너를 부르짖다가/쓰러져 붉게 토하는 피여!/꽃 되어 다시
살아나리라' (「상사화」)는 진술, '하늘 향한/애절한 기도/보석
으로 태어난 임이여!' (「능소화」), '임을 향한 그리움/타는 목마
름으로/영원한 행복을 꿈꾸고 있다' (「복수초」), '뜨거운 불로
다시태어나리라' (「양귀비」), '뿌리 없이/나는 비행의 시작' (「민
들레」), '맨살로 부둥켜안은/찬바람의 반란' (「선인장」), '개부
랄풀이라니/왜놈의 버르장머리 그러하겠지' (「봄까치꽃」), '하
얀 그리움/바람에 날리우고/바람꽃 되어 떠나려나/눈물 속에
보이는 그대' (「진달래」)에서 보이는 진술은 아름다운 꽃, 꽃향
기에 감추어진 혁명가의 강렬한 외침과 비장함이 드러난다.
마치 아름다운 비장감이랄까, 하여간 대단한 역설이다. 이 사
회를 변화와 변혁, 개혁하지 않으면 안 되는 이유가 '술을 사
랑하며' 에 녹아있다.

의사와의 대화

정 내과 원장과 진료 중
선배님!
술이 좋아요?
당뇨와 혈압이 높아 가면 정상적인 사회생활 어려워요

웬! 협박

제발 술 그만 드시고, 약 잘 먹고

운동하고 음식 조절 잘 하세요.

응, 그래야지 정말 오늘부터는 절제하고 운동 하고

열심히 살아야지

황혼이 올 무렵이면

거짓말처럼 약속은 사라진다

아내와의 대화

오늘 또 거짓말을 찾아본다

술은 왜 또 마시냐고?

응, 할 수 없이!

어제의 약속은 허공속의 메아리였나!

매일 반복되는 질의응답

항상 대답은 궁색 하고

거짓말은 새롭게 탄생한다

술이 그렇게도 좋아?

아니! 그냥

그래도 발걸음은

주점으로 향한다

- 「술꾼의 변명」 전문

생선 굽는 마을에서
냄새가 진동하며
오장육부가 춤을 춘다
무의식속에
술잔은 이어지고
인생 이야기
부메랑 되어
뒤통수를 때린다
한 잔 술잔에 목축이고
두 잔 술잔에 임 그리워
세 잔 술잔에 신선이 된다
좁은 가슴 태평양 되어
거침없이 항해 하고
비틀거리는 발걸음
부질없는 인생살이
이어지는 푸념들
술은
만리장성 쌓고
무너뜨리고
새 역사를 창조한다

술은 술이다

　– 「탁자에 기대어 잠들다」 전문

　박철 시인은 '술꾼의 인생은 구름같이 떠돌다 어디론가 사라진다'(「술꾼의 인생」)고 하여 소시민의 아픔을 노래하고 있으며, '술잔 속에 비가 내리고', '진실과 거짓이 공존하'는 '공허한 세상에서 희망을 찾아'(「눈물」) 술을 마셔야 하는 현실을 안타까워한다. 이런 세상의 개혁을 위해 행동에 앞서 시로 말한다.

　　동트는 새벽녘
　　한 마리 새가 날다
　　어둠 속
　　빛으로 선을 그으며
　　금빛 날갯짓 한다

　　지난 어둠의 시간
　　연보랏빛 안개
　　저편으로 사라지고
　　여명의 시간은
　　희망이다

새가 난다

햇살 가득 담은 날개로

맑은 바람 가르며

언덕 저편으로

보일 듯 말듯 날아간다

노을이 짙어

긴 밤은 이어 가고

새 아침

잉태 하는 시간

나는 새

희망이다

– 「희망」 전문

까만 밤

하늘의 별은 더 아름답다

지구별에 여행 온 우리

언제 떠나야 할 시간을 누가 알라?

별이 자유롭게 유영하고

인간이 줄지어 지나간다

별 만큼 이어지는 인간의 무리

별 하나가 나 하나로 태어나고

떨어지는 유성만큼 인간도 지구별 여행을 떠난다

보석처럼 반짝이는 별빛이

아이의 눈동자로 빛나고

소풍 온 아이는 그저 흥겹다

즐거운 소풍날

(신나게 놀다 떠나야 하는데

웬 근심걱정 태산 같을까?)

시간은 유한하고 사랑할 일은 많다

사랑이라는 보물찾기

서로 나누며 가슴으로 인연은 맺어지고

은하수 물결 위에 조각배 띄워 보고

사랑하는 임 위해 고운 노래 부르면서

인간은

또 어느 별로 여행을 떠날까?

– 「인생사」 전문

　그동안 사실 박철 시인은 사회의 변혁에 대해 관망을 했기
때문에 개혁가로는 주목을 받지 못했다. '나는 가도/너는 오
지 않았'(「시」)다며 시를 썼고, 시가 오직 희망인 듯 했다. 시

를 쓰는 동안은 '물이 흐른다/섬이 바다로 떠다니고/섬 속에 바다가 갇혀/헐떡이는 섬' 처럼 가쁜 숨만 쉬고 있었다. 그러다 꿈을 꾼다.

시간의 흐름이 무시되고

존재도 무의미

인간이 정한 날 2009년 1월

지구별 어느 조그만 거실

꿈을 꾼다

태양광선이 억년의 시간을 태우고

소멸 하면

진흙에서 태동한 생명이

몇 억 년을 진화해

모두 훌쩍 떠난다

물고기는 뭍에서

활보하고

바다는 이미 사막이다

인간의 꿈도 상실되고

믿음도 없고

사라져 버린 생물체는

화석으로 남고

창조는 이제부터다

지구 시간의 갈무리

왕은 없다

무수리만 존재할 뿐

인간이 만물의 영장이라고 하는 것은

교만이다

– 「꿈을 꾸다」 전문

5

박철 시인이 시인인 것은 시를 잘 쓰기 때문이다. 그 이유는 시가 아닌 단상이라고 뒤에 따로 묶은 '단상모음집'도 실은 시로 쓴 수필로 굳이 이름을 붙이자면 '시수필'이다. 자세한 언급은 피하겠지만 눈여겨 읽어야 할 작품들이다.

지금까지 박철 시인의 시집에 실린 작품들을 순서에 의해 읽으며 해설이란 명목으로 필자의 견해를 피력했다. 이 시집을 읽은 한마디의 소감을 말하라면 '개혁을 꿈꾸는 작은 성자의 외침'이라고 하겠다. 물론 해설의 제목은 '개혁을 꿈꾸는 작은 성자의 노래'이지만 그것은 문학적인 측면에서 쓴 것이고 필자의 견해는 '외침'이다. 첫 시집에 비해 시적 완성

도가 성숙한 것은 물론이요, 시의 세계가 더 넓어진 것에 박
수를 보낸다.

세상에 어디 감사할 게
한두 가지더냐
일어나서 잘 때까지
고맙고 감사함
말로 다해 무엇 하리

생명의 노랫소리 들리고

그 멀고 험난한 길
걸어도
말의 유희
삶의 진실
이웃사랑 회복하는 일

빛과 그림자

신화와 현실이 싸우는
혁명은 늘 빛바랜 사진 속에 잠들고
죽은 지식인은 또 하나의 세계를 만드는 것

따뜻한 시선 다가와
새로운 유토피아를 꿈꾸고
푸른 사다리 타고 오르는

하느님은 나의 U·F·O

– 「나의 하느님」 전문

이 시집의 시들이 다 좋지만 그중 딱 한 편을 꼽으라면 '독백'을 꼽는다. '산은 매일 귀를 씻는다' 라는 멋진 시구(詩句) 때문이다. 그러나 무엇보다 중요한, 참삶의 방법을 제시한 「주인공원을 걸으며」를 읽으며 졸고를 마치고자 한다.

오늘은 천천히 걸었습니다
아주 느리게 달팽이처럼
제물포에서 주인공원을 거쳐 숭의동
홍등가, 빨간 조명이 반갑게 맞이하는
골목어귀에서 멈췄습니다

다금바리 한 접시에 팔십만 원이라던데
오천 원 하는 모둠회 한 접시로 배부르게 먹고
흥겹게 중얼거리며 천천히 걸었습니다

팔백만 원 하는 모피 걸치고 잔뜩 긴장한 여인을 보며
오천 원 하는 잠바가 얼마나 편한 지
두 손 푹 찌르고
흥겹게 중얼거리며 천천히 걸었습니다

팔천만 원짜리 외제차 타고 눈이 뻘겋게 충혈 되어
운전하는 아저씨 보고
이만 원 하는 중고 자전거 타며 여유롭게 띠리링 거리며
천천히 페달을 돌렸습니다

가진 자의 여유로움도 부럽지 않게
호주머니 속 만 원이면 오늘 하루 즐기기엔
안성맞춤이란 걸 느끼며
콧노래까지 절로 나옵니다

오늘은 천천히 걸었습니다
공원 어디에서 들려오는 새소리도 듣고
떨어지는 낙엽도
풀숲 어디에 숨었던 들꽃도 보입니다

오늘은 천천히 걸었습니다
지나가는 아이의 해맑은 모습도 보고

깔깔거리며 웃고 떠드는 여학생의 얘기도 듣고

힘겹게 리어카를 끄는 할아버지의 숨찬 소리도 들립니다

오늘은 천천히 걸었습니다

땅을 밟은 느낌의 포근함을 머리끝까지

올려 보내고

하늘에서 내려오는 기운을 땅바닥에

전하며

땅과 하늘이 하나 되는 전달자가 된 것 같습니다

오늘은 천천히 걸었습니다

존재의 의미와 생존의 느낌

나를 감싸는 공기의 포근함

모든 기운이 나를 위해 돌고 돕니다

오늘은 누군가에게

행복의 미소를 보냅니다

– 「주인공원을 거닐며」 전문

 • • • • • • 예수가 죽어가고 있다